D1096082

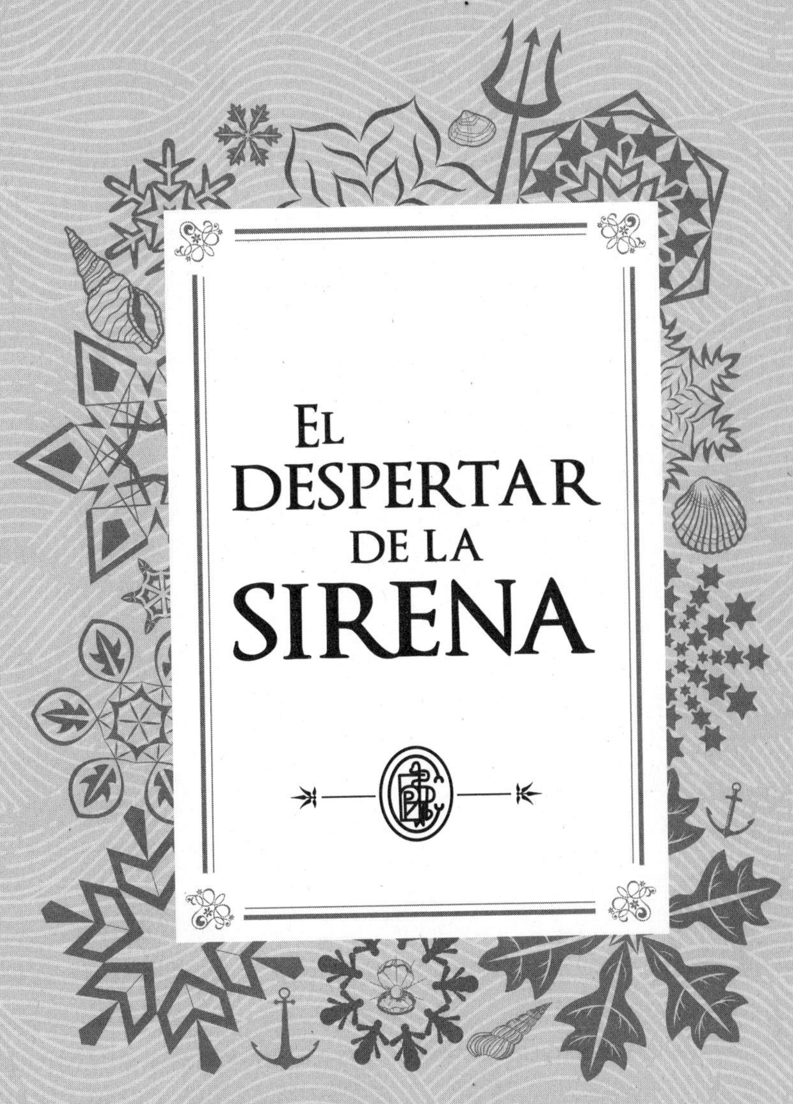

El despertar de la sirena

M

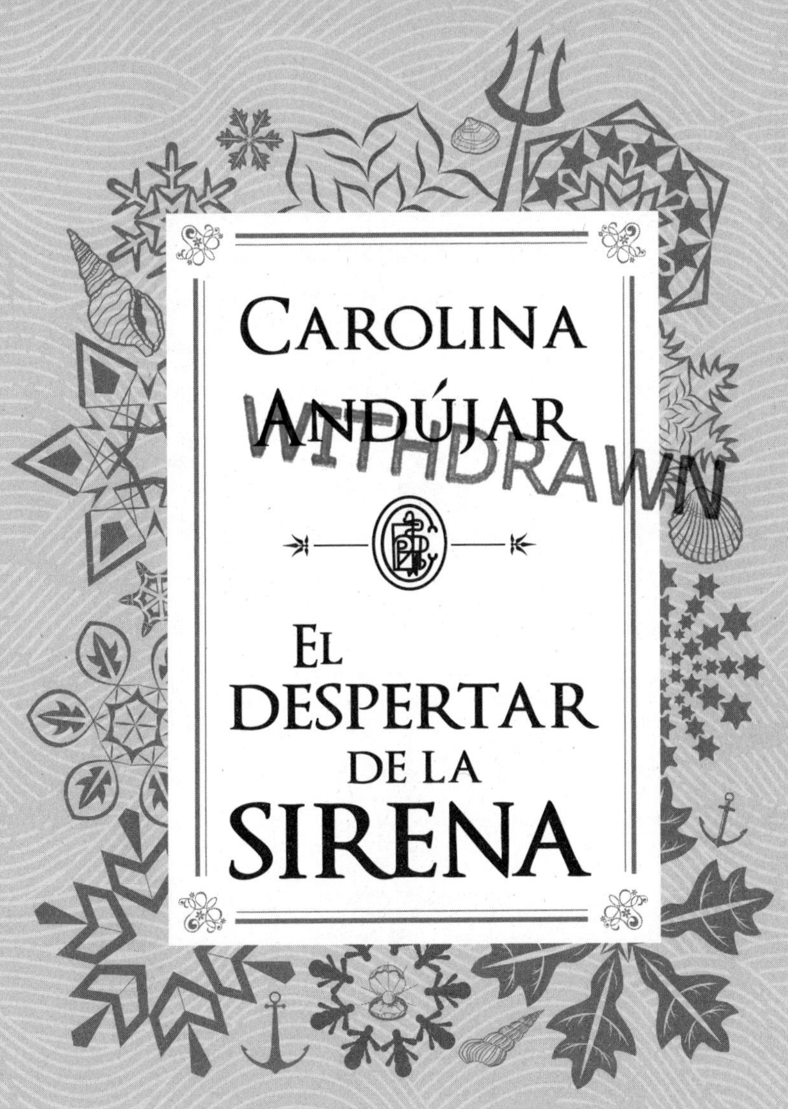

Carolina Andújar

El despertar de la sirena

M

El despertar de la sirena

Primera edición en Colombia: octubre de 2016
Primera edición en México: octubre de 2017

www.megustaleer.com.mx

ISBN: 978-607-31-5804-6

Impreso en México – *Printed in Mexico*

El papel utilizado para la impresión de este libro ha sido fabricado a partir de madera procedente de bosques y plantaciones gestionadas con los más altos estándares ambientales, garantizando una explotación de los recursos sostenible con el medio ambiente y beneficiosa para las personas.

Penguin
Random House
Grupo Editorial

A aquel que me llama musa
y busca hechizarme con su canción
como lo haría una sirena.
La inspiración ha sido mutua.

Cuando el barco se aproximó al álgido puerto y los pasajeros finalmente dejaron sus camarotes, Casandra sintió que sus ojos se escarchaban. Las distantes luces de las viviendas se fundían con las del cielo estrellado de la bahía en el horizonte y aunque reinaba una calma aparente, la espuma que rebordeaba el suave oleaje negro parecía imbuida de una emoción siniestra. El mar, un ente de magnitud casi infinita cuyo capricho podía destruir pequeñas embarcaciones y flotas enteras, casuchas paupérrimas o ciudades ribereñas, siempre le había infundido respeto y admiración, y aun si le gustaba pensar que este solía favorecer a aquellos que desde niños se consagraban a su misterio y quizá también a quienes habiendo aceptado su ínfima condición de humanos se rendían extasiados ante su ímpetu, Casandra no lo amaba.

No había crecido cerca de él y lo había visto por primera vez al inicio de su travesía, momento en el cual su pecho se había comprimido con un horror tal que dio la media vuelta para echarse a correr por el muelle mientras que el reflejo argentino de la luna crepuscular la perseguía sobre las aguas añiles. Su padre, un hombre afable pero por sobre todas las cosas práctico, le había impedido refugiarse en brazos de su madre, quien lloraba con gran desconsuelo en el puerto. Tomándola de la mano, la había obligado a retroceder hasta el navío que la esperaba en tanto que un grupo de gaviotas de ominoso cantar sobrevolaba la amplia capucha de color marfil que cubría su cabeza.

A pesar de que un número reducido de viajeros realizaba aquel trayecto una vez llegado diciembre y por ello los pasajes eran un tanto menos dispendiosos que de costumbre, los padres de Casandra habían procurado la totalidad de sus modestos ahorros para que ella se reuniese con su abuela Marion. Tras su viudez, la abuela había contraído nupcias con un orgulloso capitán finlandés de grandes mostachos plateados, estableciéndose a partir de ese momento en una bonita casa ubicada en la costa del mar Báltico desde la que enviaba a su nieta postales, las cuales eran usualmente pequeñas acuarelas del litoral que ella misma pintaba, y extensas cartas que describían en detalle sus actividades diarias e interacciones con los vecinos.

Cuando, casi tres años atrás, la abuela había enviudado por segunda vez, había empezado a enumerar también en su correspondencia ciertas fatigas que Casandra atribuía en parte, no sin razón, a un ineludible sentimiento de soledad. La misión de Casandra era, pues, no solo confortar a su abuela, sino llevarla de regreso consigo a Francia para que, lejos del frío aire oceánico, el dolor de sus articulaciones menguase y su corazón recuperase su alegría esencial.

Aun si la abuela poseía las cualidades físicas y mentales necesarias para realizar el viaje sola de ser necesario, ciertas situaciones que antaño consideraba estimulantes ahora la atemorizaban, y había insistido en que Casandra hiciese buen uso de su juventud, aventurándose a conocer una nueva porción del mundo, ayudándola a empacar las pertenencias que debían conservarse en la familia y, en especial, haciéndole compañía durante el retorno a casa, algo a lo que ninguna nieta valiente y amorosa se habría negado.

Pues bien, aunque Casandra se había mostrado muy entusiasmada cuando sus padres le ofrecieron aquella rara oportunidad con la que, cabe decir, pocas chicas de su edad o condición habrían soñado, y aunque había fantaseado durante años con el exótico hogar de la abuela, su primera impresión del mar le produjo un estremecimiento tan profundo que perdió por completo la compostura, tanto así que solo las amonestaciones de su padre, quien tuvo que escoltarla hasta el camarote, lograron que reuniese el aplomo suficiente para despedirse de él, asintiendo a modo de réplica ante cuanto este decía sin escucharlo realmente.

Casandra no fue capaz de reunirse con los pasajeros restantes en la cubierta para agitar el brazo conforme el barco se alejaba, sino que permaneció pegada al ojo de buey que la separaba del mundo exterior, su nariz rozando el grueso vidrio torneado, su vista clavada en la obscuridad ilimitada que rodeaba a la embarcación.

Si bien el trayecto no sería en exceso prolongado y ningún relámpago había surcado el cielo desde que el navío había levado anclas en Ahlbeck, Alemania, hasta donde su familia se había desplazado en tren desde Francia con el fin de acompañarla, Casandra se tardó en reunir el valor suficiente para salir del camarote donde había consumido su cena en soledad antes de quedarse dormida largo rato y despertar de modo abrupto en algún momento de la madrugada. La tripulación era limitada y los marineros encargados de supervisar el funcionamiento del barco a vapor durante la noche se dedicaban a su laborioso hacer, dando voces aquí y allí desde lugares que Casandra no identificaba. Los pasajeros que se hallaban a bordo, por su parte, aún dormían en la relativa tibieza de sus habitaciones.

Así pues, Casandra se encontró en la desolada cubierta que la separaba de aquel océano que resplandecía como el ónice bajo el firmamento despejado, el gélido viento flagelando su rostro y revolviendo los cabellos rubios que en vano había intentado mantener cubiertos por la capucha de su abrigo.

Nada sabía ella de la inmensa masa de agua que la rodeaba y no conseguía interpretar los complicados patrones perlados que se tejían en su superficie: no obstante su optimismo natural, estos se le antojaban amenazantes y sintiendo renacer el miedo que la había dominado al ver el mar por primera vez, intentó convencerse de que quizá padecía algún trastorno poco común pero no desconocido para los médicos que trataban a viajeros inexpertos como ella.

Transcurridos unos minutos, pese a que aquel acopio de buena voluntad había logrado retenerla en la cubierta, la intensa humedad marítima ya terminaba de calar los gruesos guantes de lana roja destinados a proteger sus dedos ateridos. Además, sus dientes castañeteaban sin cesar y cada inhalación del inmisericorde viento de altamar hería su pecho como una miríada de dardos flameantes. Diciéndose que buscar resguardo sería lo más sensato, la muchacha empezó a darse la vuelta en dirección a su camarote sobre el oscilante suelo de madera, pero se detuvo cuando un extraño movimiento en la periferia de su campo visual rompió la aparente distribución homogénea de las olas.

Tras obligarse a encarar de nuevo el océano, Casandra fijó la vista en la porción marina donde la irrupción se había manifestado mientras su corazón batía. La negra superficie daba la impresión de no haber sido alterada en lo absoluto y, aun así, la chica intuyó que bajo el lugar escrutado por sus ojos castaños se escondía una presencia consciente y perversa que pretendía observarla sin evidenciarse, una criatura cuya malignidad no estaba en capacidad de definir o calificar, siendo esta enteramente desconocida para ella.

Espantada, apartó su mirada del agua para internarse en el camarote que le hacía las veces de hogar provisional y, no bien hubo asegurado la pesada puerta, reacomodó sobre su cabeza la capucha del abrigo que el viento había volcado sobre sus hombros, envolviéndose también en las cobijas que se enredaban en la litera revuelta. La chica tiritaba convulsamente a causa del frío, el miedo, o una combinación de los dos.

Aunque en términos objetivos no le había ocurrido nada pernicioso, tampoco se sentía a salvo en esa habitación enchapada en brillantes listones de madera de pino: aquello que estaba allí fuera no podía ser un animal, pues los animales no tenían conciencia y por lo tanto no inspiraban el tipo de miedo que ella experimentaba. Una cosa era el temor a perder la vida a causa del ataque de una bestia marina, que sin duda no se haría con ella a menos que la embarcación naufragase, y algo muy distinto era el terror que un ser provisto de conocimiento era capaz de engendrar. A sus veinte años, Casandra aún ignoraba muchas cosas, pero estaba convencida de haber comparecido ante una criatura tan antigua como cruel, y de que esta la observaba con aciago interés a escasa distancia de la superficie.

Entre sus efectos personales, Casandra llevaba papel, lápices de colores de calidad artística cuya producción comercial era novedad en el mercado, y una fotografía de su madre cuando esta tenía su edad, quizá un año más o uno menos. Como ella, su madre poseía larguísimos cabellos claros, abundantes y lisos, extremidades alongadas y ojos oscuros rebordeados de pestañas muy negras. Aunque aquel retrato en blanco y negro no revelaba detalles del aspecto de su madre como la mezcla de matices cálidos y fríos de su cabellera o el brillo particular de su mirada cuando estaba alegre, los cuales embelesaban a diario a Casandra, este permitía a la muchacha sentirse vinculada a la calidez de su hogar.

En su afán de disipar los tenebrosos sentimientos que la embargaban, se sentó al pie del escritorio, que como todo el mobiliario del barco estaba sujeto al suelo, y se propuso esbozar en su cuaderno de dibujo el rostro de algún personaje descrito por su abuela Marion en las numerosas cartas que le había enviado a lo largo de los años.

Puesto que, de todos ellos, el que realmente había cautivado su imaginación era el sobrino del capitán, un chico de su misma edad quien para entonces también había crecido y con el cual había empezado a corresponderse con cierta regularidad para que ambos pudiesen practicar el finés y el francés respectivamente, Casandra se esforzó en dibujarlo como lo vislumbraba en su fantasía. Poco a poco, al tanto que coloreaba de marrón y ocre los mechones de cabello que enmarcaban el agradable rostro previamente bosquejado, empezó a tranquilizarse, y cuando ya aplicaba una fusión de gris, verde y azul al interior de sus ojos para finalizar el retrato, se dijo que, aunque hubiesen intercambiado muchas epístolas, aún no lo conocía y, por ende, no podía plasmar en el papel lo que encerraba su mirada.

El muchacho, cuyo nombre era Reijo, le había enviado un presente hacía poco más de dos años: se trataba de una diminuta perla de color azul violáceo que, desde entonces, Casandra siempre portaba consigo.

Dejándose guiar por la emoción que le inspiraba el prospecto de verlo, se levantó de la cómoda silla para hurgar, con dedos ahora tibios, en su equipaje. Se afligió al no hallar la perla y por un instante creyó haberla perdido, pero en cuanto la palpó a través de un pequeño roto en la bolsa de seda donde llevaba las pocas joyas que poseía, se sosegó. Sonriendo, extrajo con delicadeza de entre sus prendas de vestir la tierna formación marina y la sostuvo en la palma de su mano para observarla a la luz de la lamparita de cristal verde que había permanecido encendida desde que había ingresado al camarote por primera vez: la perla despedía el mismo brillo tornasolado que el día en que la había descubierto entre los dobleces de la carta que Reijo le había enviado, la cual incluía también una pequeña nota en francés, la lengua natal de Casandra, que leía:

> Una fina perla para la muchacha más linda del mundo. Espero sea para ti, así como lo es para mí, la promesa de reunirnos algún día. Llévala contigo en todo momento del mismo modo en que yo te llevo conmigo siempre.
>
> Reijo

Cuando más absorta estaba en la contemplación de la perla, un sonido proveniente del exterior interrumpió su ensueño. Aunque jamás había escuchado algo semejante y podría haberse tratado del gemido de dolor de algún animal, aquel parecía haber sido emitido por una garganta humana. El sol salía en ese instante, tiñendo de naranja el vidrio de su única ventanilla, y aun cuando no quería volver a experimentar el terror de la hora previa, la curiosidad, unida a la tétrica posibilidad de que alguien hubiese caído al agua, venció al fin a Casandra. Con los pelos de punta tuvo que acercarse de nuevo al ojo de buey para echar un vistazo al exterior.

Por más que varios pasajeros alarmados habían escuchado el mismo sonido grave, y por más que Casandra creyó haber visto una abundante cabellera plateada moverse entre las aguas, el conteo exacto de los tripulantes y pasajeros de la nave garantizaba que no habían perdido a nadie. Satisfechos, los marineros afirmaron que aquello que los viajantes habían confundido con un lamento no era más que el bufido propio de algún pez de gran tamaño que, atraído por el movimiento de la embarcación, había emergido durante unos breves instantes para volver a sumergirse de inmediato.

Cuando los demás pasajeros se retiraron de nuevo a sus habitaciones y la calma de la mañana se extendió sobre el mar, Casandra desayunó acurrucada sobre la silla de su camarote, pasando cada bocado con una perturbadora mezcla de horror y maravilla, pues estaba convencida de haber escuchado y visto alejarse a la criatura que momentos antes la acechaba.

Consumido el desayuno, se reclinó en la litera aferrando la pequeña perla en la mano y extinguió la luz que había dejado encendida en el transcurso de la noche, de la cual no podía prescindir mientras estuviese despierta si quería ver más allá de sus narices en la penumbra del camarote. Aunque aún se hallaba bastante inquieta, el ulular del viento logró serenar sus pensamientos y pronto se quedó dormida.

La muchacha, que rara vez recordaba sus sueños, soñó en aquella ocasión que estaba con sus padres y su abuela Marion en una pequeña barca sin remos que las olas de altamar guiaban a su merced. El oleaje causaba que sus acompañantes cayeran al agua y la angustiada chica intentaba socorrerlos echando el torso por la borda, tendiéndoles ambos brazos para que se aferraran a ella.

A pesar de sus esfuerzos, pronto perdía de vista a sus parientes en las aguas oscuras y no lograba distinguir sus ropas o siluetas en la cercanía por lo que, presa del pánico, se ubicaba en medio de la embarcación para conservar el equilibrio. Sin embargo, la ola sobre la que navegaba se había elevado varios metros por encima de las demás y descendía de súbito, volcando la barca que la albergaba. El ímpetu de la marea la sumergía forzosamente y la muchacha no tenía más opción que enfrentar la negra profundidad. Como no sabía nadar, su única alternativa para sobrevivir residía en alcanzar el borde de la barquita que flotaba sobre su cabeza para izarse por encima de las olas. Sus manos buscaban frenéticamente la madera cuando unos dedos se cerraron en torno a su tobillo y tiraron de ella hacia abajo.

Casandra tragó gran cantidad de agua salada sin comprender qué la hundía de modo irremediable. Segundos después, atisbó un rostro difuso bajo sus pies y el agua que había entrado a sus pulmones salió despedida de su boca en compañía de densas burbujas que nublaron su visión. Aun así, cayó en la cuenta de que su agresora, cuyos contornos emanaban un débil resplandor en medio del turbio océano, no era ninguna otra que la criatura que la rondaba durante la vigilia, lo cual provocó que la chica patalease y gritase, inhalando agua una vez más. Lo único que Casandra logró apreciar con nitidez en un instante fugaz fue la horrible sonrisa de una mujer-monstruo que evidenciaba su regodeo en la victoria inminente del océano: la muchacha ya era arrastrada hacia una tumba acuosa en un abismo marítimo cuando los graznidos de las gaviotas la arrancaron de aquel infausto sopor.

Casandra pasó todo un día encerrada en su camarote buscando solaz en el hecho de que hasta entonces ninguno de sus sueños se había hecho realidad y se alegró al enterarse de que, según lo previsto con base en las condiciones meteorológicas, el navío debía alcanzar la costa en el transcurso de la noche venidera, por lo cual ya no tendría que soportar el continuo vaivén del océano hasta su retorno.

El sol brilló con fuerza sobre la pulida embarcación y algunos pasajeros se sobrepusieron al cortante viento que la recorría de popa a proa para salir a recibir los rayos del astro rey. Una temerosa Casandra los observó a través del ojo de buey, anticipando el momento de volver a escuchar el inquietante sonido de la tarde anterior pero, para su tranquilidad, todos retornaron a sus habitaciones sin haber experimentado ningún sobresalto, tan pronto el frío los venció. Solo cuando el grumete anunció el momento del ansiado arribo, horas después de la medianoche, los ocupantes se precipitaron de nuevo a la cubierta dando voces de júbilo.

Pese a que la belleza nostálgica de la amplia bahía habría conmovido a Casandra en otras circunstancias, el anhelo de pisar tierra firme consumía todos sus pensamientos. En el instante en que sus botas se posaron sobre el suelo escarchado tras haber recorrido la totalidad del muelle, admitió para sus adentros cuán infernal se le había antojado aquel viaje, y aunque lloró de alegría al atisbar el amado rostro de su abuela entre la multitud que aguardaba a los viajeros, también lloró de alivio. Aun así, saber que tendría que surcar aquellas pavorosas aguas de nuevo la angustiaba profundamente.

La casa de la abuela, cuya fachada exhibía una pálida tonalidad rosa algo excoriada por la humedad, era encantadora. Aunque la propiedad ya había sido vendida, así como su mobiliario, la abuela no tendría que entregarla hasta el mes subsiguiente y por ello la biblioteca aún contenía todos los hermosos volúmenes de mapas antiguos y cartas de navegación empastados en cuero rojo, verde o marrón pertenecientes al difunto capitán.

El salón y el comedor habían sido pintados de verde limón y lila respectivamente, mientras que los marcos de las ventanas y puertas eran blancos. Grandes conchas rosadas, amarillas, azules y moradas de todas las formas habían sido ordenadas con cuidado en gruesas vasijas de cerámica con motivos marítimos trazados en esmalte turquesa y lapislázuli, mientras que múltiples óleos impresionistas de paisajes costeros pendían de las paredes, recreando por etapas la bahía que se apreciaba desde la parte frontal de la vivienda.

La réplica a escala de un viejo galeón podía apreciarse dentro de una botella de vidrio azulino que adornaba el centro de la pesada mesa de sala, bajo la cual se extendía una amplia alfombra a rayas confeccionada con lana de colores pastel. El ambiente de la casa era cálido e invitante, y Casandra logró hacer a un lado sus temores secretos cuando, sentada en una poltrona abullonada junto a la chimenea, empezó a beber la primera taza de chocolate caliente preparado por su abuela.

—Has crecido más desde que me enviaste esa última fotografía, Casandra, querida —apuntó la abuela con una sonrisa tras ponerse las gafas para observar a la luz de la lumbre el rostro de su nieta—. Sin embargo, te habría reconocido en cualquier parte. Sabes que los ojos son los espejos del alma, y la mirada de un ser querido queda grabada en nuestro corazón por siempre.

La chica, quien iba a replicar que ella también habría reconocido a Marion donde fuese y sin importar cuánto tiempo hubiese pasado, se detuvo de repente al recordar la mirada maligna proveniente del mar. Al cabo de unos segundos, preguntó con resquemor:

—¿Qué hay de las miradas de aquellos que nos odian, abuela?

Las palabras de la chica causaron que Marion se estremeciera.

—¿Por qué preguntas algo tan macabro, Casandra?

La muchacha tragó un sorbo de chocolate espumoso y, con dedos trémulos, depositó la taza sobre la mesa para quedarse viendo a Marion con expresión de desconsuelo. Aunque deseaba dejar en el pasado sus impresiones del viaje, no pudo evitar sincerarse ante su abuela y terminó por contárselo todo, sin omitir detalle. Marion la escuchó en pétrea quietud, sus verdes ojos aguados en algunos momentos, y cuando la chica terminó de narrar su historia, sentenció con un hilo de voz:

—El mar está lleno de peligros. Algunos son conocidos para el hombre… y otros no.

—¿Crees que el mal que presentí es real, abuelita? —inquirió la chica, deseando en parte no haberle dicho nada a Marion.

—Temo que sí —respondió esta, mirándola por encima de los anteojos—. Escucha con atención, Casandra, pues lo que voy a contarte no se lo he dicho a nadie.

"Poco antes de que el capitán falleciera, tuve horribles pesadillas relacionadas con el océano, el cual, como sabes, nunca antes me había producido miedo. Durante más de un mes soñé con el mar revuelto, cuyas aguas causaban que alguno de mis seres amados muriese anegado hasta que, una noche en particular, soñé que quien era arrastrada por las corrientes marinas era yo: una monstruosa criatura se aseguraba de que no pudiese nadar hacia la superficie, sujetándome con fuerza y halando de mí en dirección al fondo del océano. Esta tenía largos cabellos plateados y una sonrisa cruel que jamás podré borrar de mi mente… —dijo, para agregar en un susurro—: Parecía estar manchada de sangre.

”En aquel sueño, justo cuando me encontraba a punto de perder el conocimiento, comprendía que estábamos por alcanzar la base del mar y lograba avistar, en una última instancia, apilados unos sobre otros, los huesos y cadáveres en descomposición de muchos hombres. La horrífica visión me impulsó a inquirir con mi último aliento, mis ojos clavados en los de la criatura:

”—¿Quién eres?

”—Soy Jūratė, la reina de estas aguas —respondió ella, desafiante.

”Al escuchar su nombre, sentí que mi corazón se helaba. El terror causó que despertase —prosiguió la abuela—. Sin embargo, estaba empapada de pies a cabeza y mi cama olía a agua de mar. Esa mañana llegaron noticias del puerto: el barco de mi esposo había naufragado. Como te habrás enterado por medio de tus padres, su cuerpo fue hallado pocos días después en una de las islas vecinas.

Marion limpió con el dorso de su mano las lágrimas que se habían deslizado por sus mejillas y, encogiéndose de hombros, añadió:

—Por casi tres años le he temido al océano que se extiende ante mí pero jamás te habría pedido que vinieras si no hubiese logrado convencerme al fin de que todo fue producto de mi fantasía, y la muerte del capitán solo una terrible coincidencia. Creí que recobraría mi habitual fortaleza al saber que me acompañarías de regreso a casa. Aun así, lo que me has contado ha reavivado mis temores. ¡Oh, Casandra! ¡Jamás me lo habría perdonado si algo te hubiese ocurrido! Debí emprender sola el retorno, ya fuese en barco o por vía terrestre, sin importar cuántos trenes tuviese que tomar... no obstante, Reijo me convenció de que esperarte sería lo más prudente.

La abuela apretó las manos de Casandra entre las suyas y, echando una larga mirada a través de los ventanales del balcón, dejó escapar un suspiro. Al igual que Marion, la muchacha había sentido que se helaba por dentro al escuchar el nombre del monstruo de sus sueños compartidos.

—¿Qué crees sea la criatura de nuestras pesadillas? —le preguntó a su abuela.

—Lo ignoro, hija, pero durante mi sueño dejó su título muy en claro.

—¿Por qué querría matarnos la reina de este mar, si es que en verdad existe? —gimió la muchacha.

—No lo sé... pero lo cierto es, querida niña, que continuamos con vida —respondió la abuela—. Quien murió fue mi segundo esposo y, cuando lo trajeron de vuelta, su cuerpo estaba intacto salvo algunos rasguños exteriores. Quizá, si es que ese monstruo habita bajo las aguas, su poder sea limitado. Tal vez tú y yo soñemos y temamos cosas muy parecidas por nuestro parentesco y no porque sean reales.

Ambas sabían que les sería imposible retornar a casa solo por vía terrestre, sin surcar aun cuando fuese un trecho limitado de mar. Para lograr semejante disparate, tendrían que dirigirse a Rusia y posteriormente recorrer gran parte de Europa en tren, un viaje de suma extensión que les sería imposible justificar cuando sus pasajes de regreso a casa por vía marítima ya habían sido adquiridos. Aunque las reflexiones de Marion proporcionaban una vaga esperanza a Casandra, y aunque apreciaba su intento final de racionalizar el miedo que compartían, le fue imposible cesar de temblar hasta que se quedó dormida. Aquella noche, sin embargo, tuvo sueños felices en los que caminaba junto a la playa, y despertó al amanecer extendida cuan larga era en la poltrona. Su abuela la había arropado con varias mantas antes de retirarse a su habitación.

Al llevar su pequeña valija al cuarto que Marion le había preparado, Casandra descubrió que podía ver el faro desde la ventana y sintió que la embargaba un sentimiento placentero al contemplar la bonita construcción blanquecina, la cual se izaba sobre un islote cercano: sabía que Reijo, el sobrino del difunto capitán, vivía allí, y ya ansiaba conocerlo. El sol invernal acariciaba el mar, cuya tonalidad había variado en el transcurso de la noche, resultando en un hermoso índigo. Visto así, desde la tierra firme, el asombro que el océano le producía rebasaba su miedo. Se dijo que miles de personas se beneficiaban de los alimentos extraídos de sus aguas, así como del comercio derivado de la navegación, y que debía estarle agradecida por haber permitido que se reuniese con su abuela sin contratiempos. Tal vez, después de todo, Marion tuviese razón y la sangre que las unía fuese la causante de que compartieran miedos y pesadillas tan específicos.

Ese día su abuela le regaló una larga bufanda de rayas grises y azules que había estado tejiendo para ella y la llevó a almorzar al café del puerto, donde Reijo se reuniría con ellas más adelante.

—Puesto que Reijo se encarga del faro, no lo veo mucho, pero él procura pasar a saludarme cuando viene al puerto —explicó Marion—. Sin embargo, como vive solo y no puede dejar el faro desatendido, sus visitas son muy breves. ¡Es un muchacho muy responsable y dedicado! Solemos vernos aquí para tomar un té una vez a la semana, y en ocasiones viene a casa a almorzar. De todos los parientes de mi querido Olli, que en paz descanse, es el más cercano a mi corazón. Quiso aprender nuestro idioma desde la adolescencia, así que no solo se convirtió en mi sobrino político sino en mi alumno favorito. ¡Podréis conversar a vuestras anchas!

Aunque el finés de Casandra aún era algo rústico, se había propuesto aprender otra lengua por medio de la cual comunicarse de forma escrita con su abuela y a la sazón la entusiasmaba la idea de practicarlo con los finlandeses. La chica se sorprendió al descubrir que Reijo vivía solo en el faro, pues siempre había creído que habitaba allí en compañía de sus padres, y aguardó su llegada con algo de nerviosismo, deleitándose en la cremosa sopa de almejas y pan de ajo que le habían servido. Había empezado a nevar y el paseo marítimo sobre el cual se hallaban el café, el restaurante y la taberna se cubrió de una fina capa de nieve. Ni la abuela ni la nieta mencionaron a la reina del mar mientras comían, sino que permitieron que el bello espectáculo que contemplaban a través de los cristales les sirviese de distracción.

Cuando Reijo se presentó ante ellas a la hora del té, diminutos copos de nieve habían espolvoreado su gorro de lana negra, su bufanda roja y el pesado abrigo azul que lo resguardaban del inclemente frío. Era un muchacho alto, fuerte y guapo, y el pecho de Casandra volvió a llenarse de aquella agradable emoción que había experimentado en la mañana al observar el faro: además de asemejarse mucho al dibujo que había realizado durante su travesía, con ojos azules que se destacaban en un rostro dorado por la suave luz invernal, cabellos castaños y labios sonrosados, Reijo tenía una voz dócil que parecía hablarle a su corazón. Para cuando les llevaron el servicio de té, acompañado de crujientes pastelitos de hojaldre rellenos de crema de avellana, Casandra reparó en que la afabilidad del chico y sus modales desenfadados le infundían confianza. Se sentía muy cómoda en su compañía, como si lo hubiese conocido a lo largo de su vida. Era, en verdad, tal y como su abuela lo había descrito, un muchacho de temperamento apacible cuya simplicidad, en contraste con la distintiva complejidad de los jóvenes parisinos que daban tanta importancia a la filosofía o a estar al tanto de las últimas tendencias literarias y artísticas, era refrescante. A diferencia de Casandra, Reijo no había tenido la oportunidad de asistir a la escuela. Sin embargo, había desarrollado el hábito de la lectura desde temprana edad, por lo cual poseía un vocabulario extenso y no daba la impresión de ser burdo. Ambos sentían gran pasión por las historias fantásticas y Casandra descubrió no solo que sus impresiones al respecto de estas coincidían sino que tenían las mismas favoritas en común. La muchacha se dijo que no tendría que soportar la diatriba de otro vanguardista intoxicado acerca del arresto del poeta Guillaume Apollinaire mientras estuviese en Finlandia, pues Reijo no bebía ni tenía vicios y lo caracterizaban tanto la humildad intelectual como la templanza. Además, decía amar mucho a sus padres, lo cual enterneció a su interlocutora, pues los pocos muchachos a quienes trataba parecían estar demasiado ocupados buscando un estilo de vestir que reflejase sus predilecciones políticas como para pensar en sus progenitores. Por otra parte, el joven la miraba como si nunca antes hubiese visto a otra chica, con una mezcla de pudor y fascinación que, segundo a segundo, la conquistaba sin que ella pudiese evitarlo.

Al verlos juntos y sonrientes, mirándose a los ojos, Marion pensó que el destino había unido a los dos jóvenes que más amaba en el mundo y rogó que el mal que habitaba en las aguas no pudiese separarlos.

Antes de despedirse, Reijo se ofreció a enseñarle a Casandra el interior del faro el día domingo y la muchacha aceptó sin siquiera recordar sus temores, que se habían disipado como las huellas en la arena al ser bañadas por una ola suave. Aquella noche soñó con las estrellas en su lecho mientras que Marion tenía la peor de las pesadillas.

El domingo, durante las limitadas horas de luz solar, Reijo guio a Casandra hasta la barquita que había anudado a un asta enterrada en la arena de la orilla. Llovía ligeramente y ambos jóvenes llevaban impermeables amarillos sobre sus ropas gruesas. Tras ayudarla a subir a la barca, Reijo notó que Casandra temblaba al contemplar las aguas, que entonces despedían un funesto reflejo cetrino. Acomodándose frente a ella para remar hacia el faro, dijo, asumiendo con razón que a la chica le preocupaba la posibilidad de una tormenta:

—No lloverá con fuerza, créeme, no tienes de qué preocuparte. Llegaremos al islote con facilidad.

—Eso espero —replicó la chica cuando dejaban la costa—. No sé nadar.

—Ah, ¿de veras? Descuida, si cayeras al agua te sacaría en cuestión de segundos. Soy un hábil nadador —dijo Reijo sonriendo.

—¿Y si una... bestia marina se apoderase de mí y quisiera llevarme al fondo del océano?

—Bueno, si un animal quisiera devorarte lo haría muy cerca de la superficie. —Bromeó él. Aun así, al ver que los ojos pardos de la chica se humedecían, su semblante se tornó serio y afirmó—: Perdona, no pretendía asustar a la chica más linda del mundo.

Casandra esbozó una sonrisa al recordar la nota que Reijo le había enviado con la perla, y este prosiguió:

—En realidad he escuchado pocas historias de primera mano en las que los animales del mar hayan atacado al hombre, y estas han provenido inequívocamente de pescadores que cayeron al agua por accidente cuando cazaban con arpones. En tales ocasiones, la sangre de sus presas atrajo animales voraces que no pudieron distinguir a los hombres de su alimento habitual. Los animales marinos no tienen ningún interés en devorarnos y menos aun en arrastrarnos al fondo del océano.

Casandra, por supuesto, no estaba pensando en ballenas o tiburones hambrientos, y le costaba hallar un modo de formular una pregunta directa acerca de la reina del mar sin verse obligada a dar demasiadas explicaciones al muchacho, por lo cual finalmente optó por inquirir, casi en un susurro:

—¿Qué hay de las criaturas que no son animales?

Reijo frunció el ceño y la miró a los ojos, intrigado.

—¿Hablas de seres fantásticos?

—Supongo. —Se encogió de hombros la chica, aunque el súbito tinte rosa de su rostro confirmó que se refería exactamente a eso.

—¡Ah! —exclamó él arqueando ambas cejas—. Ese es otro asunto. Una infinidad de leyendas circula entre los marineros al respecto de los espíritus que rondan las aguas, desde las almas en pena de aquellos náufragos cuyos cuerpos jamás fueron encontrados hasta los fantasmas de los marineros que, tras ser hechizados por alguna bruja, nunca regresaron a tierra firme. He de decirte que nunca me he topado con uno pero encuentro el tema fascinante.

Aunque Casandra hizo un esfuerzo por mostrarse satisfecha con la explicación de Reijo, el muchacho notó que algo más profundo la perturbaba y se propuso distraerla hasta que se hallaran en un lugar más íntimo y resguardado. Así pues, le habló de su vida en el faro, donde había crecido en compañía de sus progenitores hasta heredar de su padre el oficio de guardián. El último había decidido mudarse al puerto con su esposa, quien no deseaba pasar sus años dorados alejada del mundo, y por ello Reijo vivía solo en la alta torre que iluminaba el océano. Todos en el puerto tenían alguna ocupación relacionada con el mar, y los miembros de su familia no eran la excepción.

El chico afirmó que, aunque ganaba muy poco dinero, le agradaba ser el responsable de supervisar el funcionamiento de la enorme lámpara que permitía a las embarcaciones ora saber que se aproximaban a la costa, ora hallar su rumbo en la niebla, un deber que aseguró tomarse muy en serio, más aún teniendo en cuenta la confianza que todos depositaban en él a pesar de su juventud.

—Soy pobre, pero soy un hombre bueno, Casandra —dijo con voz suave, bajando la mirada—. Ante todo, procuro ser humilde, pues la gente se enfurecería si alguien de mi condición diese muestras de petulancia.

Ella sintió gran admiración por el muchacho que se había contentado con aquella vida solitaria que demandaba tal dedicación, y cuando arribaron al islote donde se erigía el faro, ya anhelaba echar un vistazo al puerto desde el interior para hacerse una idea de su cotidianeidad.

De los varios niveles de la estructura, el más elevado era aquel desde donde el foco emitía su luz a través de amplios ventanales que cubrían toda la circunferencia de la estancia. Una espesa bruma rodeaba ahora el islote, por lo cual era imposible divisar la costa desde allí. La luz de la lámpara de grueso cristal elíptico brillaba con tal potencia que una deslumbrada Casandra evitó mirarla directamente y, tras una serie de explicaciones de Reijo al respecto de su funcionamiento, los chicos descendieron al nivel inferior, donde se hallaba el dormitorio.

Allí, al igual que en la biblioteca de Marion, había gran cantidad de libros cuya temática giraba en torno al océano, y Casandra notó que Reijo había puesto una gran concha amarilla y azul en el alféizar de la ventana a modo de adorno. Siguiendo un impulso la llevó a su oído y lo que escuchó la alteró terriblemente.

—¿Qué tienes? —inquirió el muchacho, arrebatando la concha de su mano enguantada.

—¡Ese lamento de nuevo! —dijo la chica, quien había percibido la voz de la abominable criatura marina que había protagonizado su pesadilla.

Reijo acercó la concha a su oído y, tras comprobar que replicaba el rumor característico del oleaje, dejó escapar una exhalación de alivio y la retornó a su lugar.

—¿Temes al mar, Casandra? —preguntó, poniendo sus manos en los hombros de la muchacha.

—Mucho —murmuró ella.

—¿Por qué?

Casandra suspiró y, aunque moría de vergüenza, confesó al fin:

—Más que al océano, temo a su reina.

—¿De qué reina hablas, muchacha? —inquirió Reijo, entrecerrando los ojos—. La zarina Alexandra jamás logrará cambiar a los finlandeses; todos rechazamos la influencia que el Imperio ruso desea imponernos. Somos un pueblo orgulloso de nuestro legado cultural y nadie nos rusificará. Por lo demás, Su Majestad Imperial vive muy lejos de aquí y estoy seguro de que no tiene intenciones de dañarte pues, según me explicó tu abuela, Francia es aliada de Rusia.

—No hablo de ese tipo de monarquía —explicó Casandra, divertida con la comprensible interpretación que el muchacho había hecho de sus palabras—. Hablo de una criatura de formas humanas que habita bajo las aguas. Su nombre es Jūratė.

Susurró aquella última palabra temiendo que el mar la escuchase pronunciar un apelativo prohibido.

—¡Jūratė! —replicó él, enrojeciendo hasta las orejas—. ¿Dónde aprendiste esa palabra?

—Mi abuela tuvo una pesadilla con una temible mujer-pez que, en el transcurso del sueño, afirmó llamarse así. Y yo también soñé con ella cuando viajaba hacia acá.

—¡No me digas! —replicó Reijo, atragantándose con su propia saliva—. ¡Esta sí que es una sorpresa!

—¿Así que habías escuchado el nombre antes? —inquirió Casandra, atónita.

—Oh, sí, aunque en verdad es una rareza —explicó él—. Así se llama una sirena maldita que habita estas aguas. Bueno, al menos según un personaje muy extraño que solía visitarnos cuando yo era niño.

—Siempre supuse que las sirenas eran criaturas bondadosas del mundo de la fantasía —masculló Casandra. Iba a añadir "y no horribles monstruos", pero se contuvo.

—No sé si sean bondadosas, pero definitivamente no son producto de la imaginación humana, al menos no según los marineros del Norte —comentó él, deteniéndose frente a la ventana.

—Me gustaría saber lo que te dijo el hombre a quien mencionaste. —Solicitó la muchacha, impaciente.

—Tengo recuerdos muy difusos de esa época de mi vida. Lo cierto es que las palabras de aquel marinero me produjeron horribles pesadillas.

—¿Quién era él y por qué te habló de Jūratė? —inquirió la chica, ubicándose junto a él.

—Quizá no recuerdes que te envié un pequeño presente por medio de Marion...

—¡Por supuesto que lo recuerdo! Siempre lo llevo conmigo, Reijo —dijo ella, y vio que el muchacho lucía complacido—. ¿Qué hay con la diminuta perla azul?

—Resulta ser que, una madrugada en que pescaba en mi barca cerca de esta estructura, hallé en la red una hermosa ostra que contenía dos perlas similares. Ambas eran perfectamente redondas y suaves, nacaradas, del color profundo de las flores de aciano y muy pequeñas. Se me ocurrió que había encontrado un invaluable tesoro pues, además de que las perlas son muy finas y dignas de admiración, no es común que las conchas que las contienen floten hasta la superficie del océano, y menos aún en lugares donde el agua es tan profunda.

"Aparte de que la ocurrencia de perlas salvajes de nácar es prácticamente nula en estos fríos mares, aun en los lugares del Sur donde valerosos nadadores las recolectan es infrecuente que se hallen dos en la misma ostra, y estas suelen poseer tonalidades pálidas, no oscuras y misteriosas como las que encontré por azar.

"Me sentí, pues, muy afortunado, y remé de vuelta aquí para traer a mis padres la pesca del día y compartir con ellos mi hallazgo. Aquella mañana vino a visitarnos el excéntrico hombre de quien te hablé, un marinero de padre holandés y madre finlandesa cuyo nombre es Gerth Mertens. Este hombre había viajado por los siete mares y poseía vastos conocimientos de todo lo pertinente al océano.

"Al ver mi tesoro, abrió los ojos de par en par y su rostro se puso muy rojo, al punto que creí que había enfermado de repente, pero acto seguido anunció a grandes voces que había encontrado las lágrimas de Jūratė, la sirena maldita. Al comienzo no supe qué pensar e incluso se me ocurrió que bromeaba o hablaba de modo figurativo, pero el marinero jamás sonrió sino que masculló que la sirena me había elegido y partió en el acto, remando despavorido hacia la nave que lo esperaba anclada.

"Esto, claro está, me causó una fuerte impresión y quise ir tras de él pero mi madre me lo impidió, asegurándome que el hombre estaba trastornado y subrayando que las perlas no son más que formaciones calcáreas. Aquella noche tuve horribles pesadillas en las que una monstruosa mujer me llevaba a las profundidades del océano, y estas se repitieron a lo largo de toda la semana hasta que, angustiada, mi madre me hizo llevar las perlas al puerto para enseñárselas a otros marinos en busca de opiniones diferentes.

"Como es de esperar, los pescadores me felicitaron, algunos incluso con franca envidia, lo cual me hizo sentir muy orgulloso de poseerlas, y la mujer más anciana del puerto, a quienes todos consideran la más sabia habitante de estas costas, declaró que hallar perlas gemelas era asunto de buena suerte. Un comerciante que pasaba por allí me ofreció comprarlas a muy buen precio y dijo que intentaría reunir el dinero para dármelo a la mañana siguiente, pero en la noche medité el asunto con calma y me dije que no tenía por qué apresurarme en vender mi tesoro.

Después de todo, no es fácil desprenderse de un hallazgo que todos codician.

"El tiempo pasó y aunque algunos aún ofrecían comprar las perlas, yo me había apegado a ellas. El precio que sugerían pagar por ellas se me antojaba cada vez menos justo y decidí quedármelas, pues sabía que nadie las apreciaría tanto como yo. Volví a toparme con el señor Mertens en tierra firme e insistió en que las perlas eran una maldición, pero a la sazón yo ya había perdido por completo el miedo a Jūratė. Años después, fui a cenar a casa de mi tío el capitán, y tu abuela me enseñó una fotografía tuya que le habías hecho llegar recientemente, gracias a la cual descubrí que ya no eras una niña pequeña sino una mujer. Supe entonces que debía enviarte una de las dos perlas porque… al contemplar tu hermosura, no pude evitar prendarme de ti —afirmó con expresión soñadora—. ¡Y pensar que eres mucho más bella en persona, ahora que puedo apreciarte con el color propio de la realidad!

"Conservé la otra perla con la esperanza de que algún día nos reuniéramos así como ellas estuvieron juntas un día en el interior de la ostra. Llámame un tonto romántico pero cada vez que miraba mi perla pensaba en ti, y deseaba con todas mis fuerzas que tu perla buscase a su gemela y así te trajese hasta mí. Aunque no lo demuestro abiertamente, soy en verdad muy sensible. Mi vida en el faro es triste y solitaria. Me sacrifico día a día por los demás, desempeñando este oficio que no es tan agradecido como debería serlo, sin jamás poder cosechar los frutos de mi labor. Enciendo la luz y la apago. Apago la luz y la enciendo. Cierto, quienes me conocen me estiman, pero sé que la gran mayoría de los marineros que surcan estas aguas no se digna pensar en quién se toma la molestia de garantizar que unos y otros puedan hallar su rumbo. A veces,

Casandra, pienso en la muerte y hallo consuelo en imaginar que todo se acaba. Comparada con mi vida, la muerte parece una verdadera aventura.

Aquellas palabras entristecieron sobremanera a Casandra, quien se conmovió en lo más profundo imaginando la desolación del muchacho que tanto le agradaba.

—Sin embargo, desde que empecé a recibir tus cartas, me ha invadido un sentimiento especial cuando evoco tu nombre —prosiguió él—. Me ha parecido que eres mi única amiga en el mundo, la persona que en verdad me ha acompañado en esta soledad que a duras penas si logro sobrellevar. Lo cierto es que nunca he sido muy feliz, aunque no se lo he dicho a nadie. He anhelado como nada que llegases a disipar mi pesadumbre y confieso que, en mi aislamiento, he pensado mil veces que tú sí podrías confortarme. Ahora que estás ante mí y me parece ver en tus ojos que mi devenir realmente te importa, me siento alegre por primera vez en años. Tu presencia es como un rayo luminoso que vino a posarse sobre mi monótona existencia, que para los demás es invisible. Aun así, eres demasiado hermosa, Casandra, y sé que yo no soy lo bastante guapo como para que una chica como tú me preste atención.

—Por el contrario, Reijo, ¡eres muy guapo! —objetó ella, sorprendida de que el muchacho pensara que podía ser algo menos que atractivo, y deseando a la vez animarlo y sacarlo de su evidente error.

—No, no lo soy. Ninguna muchacha me mira jamás. No miento cuando digo que a veces creo ser invisible.

—No eres invisible, solo vives aislado del resto del mundo —rio ella.

—¿De verdad te parece que soy guapo? —dijo él, examinándose en el espejo que pendía de la blanca pared.

—Sí —dijo ella con toda seriedad—. Mucho.

—Mis cabellos se han tornado oscuros con el paso del tiempo —afirmó él con un mohín de tristeza—. Yo solía ser tan rubio como tú cuando era chico. Desearía que mis cabellos nunca hubiesen cambiado de color porque fui muy feliz durante mi infancia. ¡Qué bello es ser niño!

—Tus cabellos lucen muy bien, de maravilla —le aseguró Casandra con ternura. La posibilidad de que Reijo añorase tiempos mejores o el cariño de sus padres la entristecía, y se dijo que aquella peculiar protesta al respecto de los cambios que crecer conlleva le daba un aire cándido, casi pueril, que no carecía de encanto. Aquella inusual simplicidad agradaba a la muchacha.

—Te aseguro que, si no me lo hubieses dicho tú, jamás lo habría creído. Y, para ser franco, tu opinión al respecto es la única que me importa, porque... por súbito que parezca, Casandra, creo que eres mi alma gemela. Me he enamorado de ti a través de tus cartas. Aunque sienta que no soy digno de ti, no hay nada que quiera más en el mundo que hacerte sonreír cada día pues, de ese modo, aun en el más crudo invierno, sentiré que recibo la caricia del verano. Quizás sea absurdo de mi parte, pero deseo compartir mi futuro contigo. Si correspondes el sincero afecto que te profeso, serás mi consuelo y única verdadera alegría en este faro, que espero algún día también se convierta en tu hogar.

Al escuchar la inusitada declaración, Casandra creyó que su corazón se saldría de su pecho, pues tanto la sencillez como la afabilidad del muchacho la habían cautivado y, desde que lo había conocido, no podía dejar de pensar en él, fuese de día o de noche. Así fue como, guiada por una fuerza que se le antojaba tan ineludible como el hado, retornó dichosa el beso que Reijo le prodigó frente a la ventana que daba al mar, sabiéndose enamorada por primera vez en su vida.

En aquel instante, una ola estalló contra el faro y algunas gotas golpearon el cristal que separaba a los jóvenes de la intemperie. Ambos reaccionaron al tiempo, apartándose del ventanal con presteza pero, aunque una criatura iracunda los observaba desde el océano, Casandra estaba aún tan exaltada por las abrumadoras expresiones de amor de su acompañante que solo atinó a reír ante el efímero sobresalto. Todo se le antojaba mágico, al punto de sentirse inmersa en un libro de fantasía: saberse correspondida por el chico de sus sueños era lo más maravilloso que le había acaecido y durante aquellos dichosos momentos, pudo olvidar por completo a la reina del mar.

Puesto que la temperatura había descendido, se dirigieron a la cocina que estaba ubicada bajo el dormitorio para preparar té y continuar su conversación. Sosteniendo un humeante tazón en sus manos, el chico contó a Casandra que la embarcación del capitán había naufragado justo cuando él había cumplido los dieciocho años de edad. La tragedia había nublado su corazón con una pena tan profunda que, incluso, había pasado toda una noche en altamar, de la cual solo recordaba haberse reclinado en su barca para llorar la muerte de su tío mirando las estrellas.

Había despertado al día siguiente tendido cuan largo era sobre la arena del islote, sus ropas y cabellos emparamados, sus bolsillos llenos de algas. La barca había desaparecido y nunca más la habían encontrado. De aquel incidente no le había quedado más que una herida leve que sanó muy pronto. Agradeciendo no haber sufrido un destino similar al de su tío, se dispuso a aprender el oficio de su padre para no pensar más en los eventos que tanto lo entristecían. Solo de tal modo había logrado encauzar sus ánimos hacia algo productivo que, además, satisfacía a sus seres amados. Con el tiempo, su dolor había menguado hasta convertirse en una nostalgia a la que ya se había acostumbrado, y el nombre de Jūratė había tomado la forma de un recuerdo distante que asociaba más con la fugaz visita de un marinero extraño que con las perlas.

Tras escuchar a Reijo, Casandra no pudo menos que referirle las experiencias de su viaje, así como las pesadillas que compartía con Marion, y advirtió que el muchacho se alteraba al escuchar la descripción de la criatura que en sus sueños buscaba llevarlas al fondo del océano.

—También yo vi en mis sueños a una mujer de cabellos de plata y sonrisa cruel —afirmó él con tono pausado—, pero además reparé en que, a modo de extremidades inferiores, poseía una larga cola escamada que se bifurcaba a partir de sus caderas. La idea de rozarla me llenaba de repulsión.

Casandra se estremeció, pues la similitud de sus experiencias solo parecía confirmar sus intuiciones previas al respecto de Jūratė. La joven estaba convencida de que las circunstancias que los involucraban con el monstruo de las aguas no podían ser producto de la imaginación y cuando, tomándola de las manos y mirando en sus ojos, Reijo prometió que la sirena maldita no los separaría jamás, se propuso poner toda su fe en aquellas palabras que parecían abarcar la infinidad. A pesar de que el terror la dominaba en algunos momentos, se dijo que un amor excepcional como el suyo solo podía ser eterno e indestructible.

Entonces, puesto que había escampado y por ello contaban con algo más de luminosidad, Reijo consideró oportuno llevar a Casandra de regreso al puerto y se despidió asegurando que iría a verla el viernes sucesivo en las horas de la tarde:

—Ya que te gusta leer tanto como a mí, debo recomendarte algunos de los libros que se hallan en la biblioteca de mi difunto tío —le dijo Reijo—. Hay uno en especial que me agrada mucho, una compilación de leyendas propias de Escandinavia.

Podrás reconocerlo con facilidad; es el único ejemplar de cubierta de cuero de color azul celeste en toda la casa. Lleva grabado, además, un distintivo emblema en la parte frontal.

—¡Lo buscaré! —le aseguró la muchacha, sonriendo—. Estoy segura de que lo disfrutaré.

—No puedo esperar a estrecharte entre mis brazos de nuevo, luz de mi vida —dijo él, sujetándola con fuerza—. Te amo tanto, no puedo evitarlo. Siento que esta gran pasión me consume y me entristezco al pensar que no te veré en algunos días pero, si me amas como yo a ti, podré continuar mi gris y agobiante camino.

—También te amo, Reijo —respondió ella con toda la dulzura de su corazón—. ¡Te ruego que cuides de ti mismo! Si algo llegase a ocurrirte, sería realmente devastador para mí.

Las mejillas de la chica se cubrieron de lágrimas.

—Nada me ocurrirá —prometió él—. Necesito estar contigo, Casandra.

Una vez Casandra puso a Marion al tanto de lo que aquel marinero le había dicho a Reijo acerca de Jūratė y las perlas azules que el muchacho había hallado por azar en el mar, ambas mujeres se dedicaron a separar los libros del capitán en dos grupos. Los mapas y manuales de navegación serían donados a la biblioteca municipal y los demás quedarían en manos de Reijo, tal y como él lo había solicitado. Entre tantos volúmenes, Casandra halló aquel que Reijo había mencionado. En verdad era distinto a todos los demás, con su bella cubierta de suave cuero azul pálido y un indescifrable emblema plateado en el centro de la misma. Curiosa, la muchacha lo abrió y descubrió que contenía ilustraciones de criaturas mitológicas pero no pudo comprender con facilidad el texto: para su gran frustración, estaba escrito en un finés demasiado elaborado para su dominio del idioma. Sin embargo, había sido marcado en una página en especial y cuando reconoció el nombre del monstruo bajo uno de los dibujos a plumilla, creyó que su corazón se detendría.

La ilustración era lo bastante precisa como para causar pavor: una mujer de larga cabellera y dentadura de tiburón flotaba entre algas marinas. Sostenía una daga en una de sus manos y, en vez de extremidades inferiores, poseía una extrañísima cola bifurcada.

Espantada, Casandra le enseñó el libro a Marion, quien tradujo el pasaje correspondiente sin perder tiempo: el libro explicaba que Jūratė había sido la reina de una isla llamada Baltia y que, albergando gemelos en su vientre, había asesinado a su esposo. No bien perpetrada la fatal transgresión, la soberana había puesto fin a su propia vida lanzándose al mar Báltico desde la más alta torre del palacio de ámbar que habitaba. A partir de ese momento había sido condenada a morar en soledad bajo las aguas en la forma de un monstruo cuya mitad superior era similar a la de una mujer, y la inferior a dos peces unidos por una cabeza invisible ubicada en la matriz de la reina. La leyenda estipulaba que, conforme se ahogaba, Jūratė había derramado en el mar dos frías lágrimas que, tras cristalizarse, habían ido a parar al interior de una ostra para transformarse en perlas mágicas.

—Una vez cada trescientos años, Jūratė tiene la oportunidad de tomar un consorte humano —leyó la abuela con voz entrecortada—. Las perlas ascienden a la superficie para que un varón adolescente las encuentre y, posteriormente, este es marcado en medio del mar por la reina con la misma daga con que dio muerte al rey. Se dice que entonces la reina lo retorna de modo temporal a tierra firme, pero no deja de acecharlo desde las aguas, viéndolo convertirse en hombre con dichosa antelación. Jūratė no consiente que el portador de sus lágrimas profese interés en ninguna mujer humana antes de que sea enteramente suyo y descarga su furia contra quienes puedan representar una amenaza para sus esponsales en el mar.

—¿Esponsales? ¿Consorte? —gimió Casandra.

Marion confirmó con una inclinación de cabeza y, aunque estaba tan intranquila como su nieta, prosiguió:

—Aquellos que han osado desafiar a la sirena maldita, oponiéndose a sus designios, han encontrado una muerte segura en el fondo del océano, destino del cual tampoco se libran sus maridos quienes, tras tomar como esposa al monstruo antiguo, desaparecen para siempre sin dejar rastro. Algunos sospechan que Jūratė se alimenta de ellos antes de replegarse en un abismo secreto, donde aguarda pacientemente a que pasen los tres siglos sucesivos.

Marion se detuvo y miró a su nieta por encima de los anteojos con inmensa aflicción.

—El libro no dice nada más de Jūratė —concluyó, poniendo el tomo sobre su regazo.

Casandra se dirigió con paso apresurado al balcón y tras verificar que la luz del faro continuaba encendida en la lontananza, urgió a su abuela a que leyese el manuscrito en su totalidad, no fuese que pasaran por alto alguna pieza de información importante. Marion estuvo de acuerdo y se embarcó en una detallada revisión del texto mientras Casandra escudriñaba los volúmenes restantes en busca del nombre que la hacía temblar. Pasados unos minutos, Marion dirigió la mirada a los ventanales y murmuró, sus ojos llenos de lágrimas:

—¡La muerte del capitán!

Casandra permaneció estática, aguardando una explicación de parte de su abuela, quien dijo entre sollozos:

—Mi Olli partió de aquí llevando la perla que Reijo te había enviado. Sin embargo, entregó el sobre que la contenía en Reval, pues un buque zarparía aquel día hacia Grömitz. Lo sé porque esa misma tarde me envió una carta en que me contaba todos los detalles de su viaje. Olli se vio obligado a pasar una semana en Reval mientras le eran realizadas algunas reparaciones a su barco, que ya había sufrido un percance en la corta travesía. Cuando al fin pudo ponerse en marcha con su tripulación, el navío se hundió.

—¡Oh, abuelita! —exclamó Casandra, echándose en brazos de Marion, cuyo desconsuelo era evidente.

Aunque ninguna de las dos se atrevió a decir en voz alta que Jūratė había causado el naufragio, ambas lo creían. Pero, por fuerte que fuese su convicción, no podían ignorar un detalle importante: Casandra había llevado la perla consigo en su viaje, y había llegado sana y salva a su destino.

—¿Por qué habría permitido la reina del mar que me reuniese contigo? —preguntó la chica.

—No lo sé, Casandra —respondió la abuela, enjugándose las lágrimas y estrechándola con fuerza.

—Reijo y yo tenemos las lágrimas de Jūratė y continuamos con vida —dijo la chica—. El capitán, por otra parte, murió después de haber hecho el envío de la perla que está en mi poder. Es posible que haya fallecido a causa de un accidente y no porque la sirena maldita buscase vengarse. ¡No puede ser el primer barco que haya naufragado en este mar!

—Si hemos de regirnos por nuestros sueños o por la información que provee el libro de leyendas escandinavas, mi querido Olli contrarió los deseos de Jūratė al hacer las veces de intermediario entre Reijo y tú —dijo la abuela, meneando la cabeza—. Eso le habría merecido una muerte segura. ¿Qué podría enfurecerla más que la dulce devoción que el muchacho te profesa desde que le enseñé tu retrato fotográfico y empezó a corresponderse contigo? Quizá el monstruo intuía, aun entonces, que aquella emoción que apenas nacía se transformaría en amor una vez él te conociera.

—Pero, abuela... —dijo Casandra, enrojeciendo al descubrir que Marion había adivinado el sentimiento que Reijo le había confesado más temprano aquel día—, el capitán no sabía que me enviaba la lágrima de una sirena. De hecho, si él continuase con vida, quizá yo nunca habría venido aquí. Después de todo, solo vine porque tú deseas retornar a casa acompañada y la causa de esto es, precisamente, el naufragio de su navío.

—¡Ojalá tengas razón, Casandra, y mis pensamientos solo sean el fruto del dolor y la preocupación unidos! Sin embargo, no podemos darnos el lujo de quedarnos cruzados de brazos a la espera de lo peor.

—¿Qué propones?

—Por lo pronto, buscar a ese hombre de mar que parecía estar tan enterado de la situación. Ese tal... Gerth Mertens. Quizá él pueda ayudarnos.

La idea de Marion le pareció razonable a la chica pero, aun así, se dijo que un detalle importante se les escapaba. Meditabunda, empezó a pasearse por la habitación hasta que, posando sus ojos sobre su equipaje, dijo:

—Si Jūratė envía las perlas mágicas a la superficie para que su futuro consorte las encuentre, ello significa que las ha recobrado cada vez que ha dado muerte a uno de ellos.

—¿A dónde quieres llegar? —inquirió Marion.

—Se me ocurre que, quizá, para que esto haya sido posible, los infortunados hombres que las hallaron anteriormente nunca buscaron deshacerse de ellas —replicó Casandra.

—Si lo que el libro dice es cierto, las perlas están imbuidas de poder —le recordó su abuela—. Me cuesta creer que ninguno de esos desgraciados muchachos haya querido venderlas y, asimismo, por su rareza, es improbable que nadie haya querido comprarlas.

—Tienes razón y, sin embargo…

Marion miró a su nieta con expectación.

—Quizás las perlas deban estar juntas para que Jūratė pueda hacerse con ellas de nuevo —especuló Casandra—. Eso explicaría que me haya permitido llegar aquí sana y salva.

—¡Cielos! —exclamó Marion—. Es una conjetura muy interesante, hija.

—Me pregunto si el hecho de que estén separadas impide que Jūratė arrastre al varón elegido a las profundidades —continuó la chica, siguiendo con la vista la luz del faro que iluminaba una porción del cielo obscurecido.

—Asumir que tal suposición es cierta podría ser sumamente peligroso tanto para Reijo como para nosotras. No debemos bajar la guardia por ningún motivo. Sin embargo, considero que nuestra mejor opción es procurar que las perlas no sean reunidas por el momento —sentenció y, con voz frágil, añadió—: no es imposible que el monstruo haya causado el naufragio del barco de mi Olli para impedir que las perlas fuesen separadas, si no definitivamente, durante un tiempo más largo del que deseaba esperar.

—El navío que llevó mi perla al otro lado del mar realizó la travesía sin contratiempos, abuela —objetó Casandra.

—Tal vez fuese demasiado tarde para que Jūratė, quien se entretenía hundiendo la embarcación del capitán, se diese cuenta de que otro navío la transportaba.

Los ojos de Marion se habían humedecido de nuevo.

—¿Qué crees que debamos hacer con la perla, abuela? —inquirió la muchacha, tomando las manos de Marion entre las suyas.

—Enterrarla mañana mismo donde nadie la encuentre —susurró su interlocutora.

El cementerio de la ciudad portuaria era muy pequeño y todos sabían quién yacía en cada tumba. La del capitán, como las demás, enseñaba una sencilla lápida en que habían sido grabados su título de oficial marítimo, su nombre, el año de su nacimiento y el de su defunción. Marion se inclinó ante esta y, tras retirar con su mano enguantada la nieve que se había acumulado sobre la piedra en el transcurso del día, depositó una corona de ramas de pino junto a la inscripción adicional que, entre dos anclas decorativas, leía discreta: *amado esposo*.

No le gustaba la idea de ocultar la lágrima de la sirena maldita en el lugar de reposo de su difunto marido, pero no podía pensar en un lugar más seguro que aquel, ya que al menos allí la tierra no sería removida por nadie. Le había pedido a Casandra que llevase consigo la perla dentro de una cajita de madera con la intención de depositarla justo tras la porción vertical de la lápida, de modo que pudiesen hallarla con facilidad en caso de necesitarlo. Una vez enterrada, las mujeres la cubrieron de nieve para que nadie se percatase del ligero cambio en el terreno. El corazón de Casandra latió con fuerza mientras Marion decía en voz baja:

—Perdóname, Olli, por dejarla precisamente aquí. Ignoro si tuviste que dejarnos por su causa pero sé que estás en un lugar feliz. Confío en que comprendas que debo velar por Reijo y Casandra y, si puedes acompañarme en este propósito en espíritu, me sentiré confortada.

Abuela y nieta se tomaron de la mano y dejaron el cementerio al tanto que Casandra dejaba escapar un suspiro cargado de angustia. El amor que sentía por Reijo se acrecentaba con el paso de las horas y, paralelo a este, el gran temor de perderlo.

Las mujeres tomaron el camino que bordeaba la línea costera y se dirigieron a casa de los padres de Reijo, una mujer rubia de contextura robusta y un hombre de rostro en extremo enrojecido, casi purpúreo. Ambos se hallaban muy entusiasmados planeando la celebración del cumpleaños de su hijo, a la cual todos sus allegados estaban invitados. El hecho de que coincidiera con el aniversario de la muerte del capitán era la causa de que no hubiese sido una ocasión festiva durante largo tiempo, y por lo mismo deseaban despojarse del luto de modo definitivo, enfatizando la satisfacción de ver a su hijo convertirse en un hombre responsable que ya contaba con la admiración y el respaldo de la comunidad.

Habiendo intercambiado una sutil mirada, tanto Marion como Casandra supieron que estaban de acuerdo en no revelarles sus preocupaciones con el fin de no empañar su alegría, así que la mención del marinero que les había hablado de Jūratė fue efectuada con gran naturalidad por parte de la abuela, quien dijo sentir curiosidad al respecto de su paradero.

—Gerth Mertens ya no navega —dijo el padre de Reijo—, y no es de sorprenderse pues si antes era solo un poco peculiar, ahora es definitivamente insólito. ¡Ese hombre es impredecible! Hoy en día vive en una pocilga tras el edificio administrativo. Las pocas veces que lo he visto desde que huyó del faro ha afirmado tales disparates que me ha obligado a concluir que no es conveniente relacionarse con alguien como él.

Dando el tema por concluido, se puso a beber vodka en el balcón mientras su esposa les enseñaba a Marion y Casandra los bonitos faroles de papel que pensaba colgar de la fachada de su casa la noche del viernes para dar la bienvenida a sus invitados.

Aunque Marion y Casandra acudieron varias veces a la morada del marinero, no obtuvieron respuesta de su parte y debieron retornar a casa decepcionadas y temblando de frío. Los días se sucedieron pronto y el viernes arribó con una ventisca descomunal. El mar plateado se revolvía con lo que parecía ser ira, como si buscara expulsar de su interior la maldad que albergaba, mientras que la pesada lluvia azotaba las olas ascendentes para mitigar su ímpetu. Era una batalla perdida.

Reijo llegó a casa de Marion a mediodía; estaba calado de agua de pies a cabeza. El muchacho afirmó no haber anticipado la lluvia, por lo cual no había llevado consigo su impermeable. Tras expresar su temor de enfermar, rogó a sus acompañantes le permitiesen despojarse de sus vestiduras excepto su ropa interior, unas calzas de suave lana blanca que no se habían mojado por completo en el trayecto. Ambas, por supuesto, estuvieron de acuerdo y, de tal modo, el chico exhibió su bien formado cuerpo ante Casandra, quien apartó la vista por cortesía aunque hubiese deseado detenerse a observarlo arrobada. Marion ofreció a Reijo algunas prendas del capitán que aún guardaba en un armario y salió de la estancia dejando a los muchachos a solas unos minutos. Para entonces, el cielo se había puesto tan oscuro que daba la impresión de ser la hora del ocaso y Reijo aprovechó la ocasión para enseñar a Casandra, mientras se calentaba a la luz de la lumbre, la honda cicatriz azulosa que surcaba su antebrazo, la cual había permanecido cubierta por las largas mangas de su abrigo en ocasiones anteriores.

—Mira, Casandra —se lamentó—. Es horrenda, ¿no lo crees?

—¿Qué te ocurrió ahí? —inquirió ella, creyendo conocer la respuesta de antemano.

—No lo sé —replicó él—. Tenía la herida al despertar tras haber pasado toda la noche en altamar cuando lloraba la muerte de mi tío. Cicatrizó pronto, pero ahora tengo una espantosa imperfección que contrasta con tu belleza. Espero no te moleste.

—En lo absoluto —replicó la chica, circunspecta.

—¿No te agradaré menos por tener este defecto?

—¿Cómo puedes siquiera pensar algo así? —respondió ella, afligida.

—No lo sé, temo dejes de amarme de repente.

La muchacha lo tomó de las manos y, mirándolo a los ojos, dijo:

—Escúchame bien, Reijo: nunca dejaré de amarte.

—¿Por qué luces descompuesta, entonces? —inquirió él con expresión de zozobra.

Casandra sospechaba que se trataba de la marca de Jūratė, efectuada con la misma daga con la que había asesinado al rey, lo cual la llenaba de terror. No deseaba alarmar al muchacho ni entristecerlo en el día de su cumpleaños pero, ante su insistencia, para que no malinterpretase sus reacciones, se obligó a sí misma a decírselo. Reijo, sin embargo, lo tomó con ligereza.

—Creo que recordaría algo así —dijo, riendo—. Solo he visto a la sirena en mis sueños y en ninguno de ellos tenía una daga. Lo único que me importa en lo concerniente a esta desagradable cicatriz es que tú no dejes de encontrarme guapo y que tu amor por mí no decrezca.

Sus palabras proporcionaron cierta tranquilidad a Casandra, quien intentó hacer a un lado las ideas lúgubres que permeaban su alma. Sin embargo, la imagen de Jūratė deslizando el filo de una daga sobre la blanda superficie de la piel de Reijo persistió. El chico pareció notar que su inquietud no se disipaba porque preguntó:

—¿De veras crees que Jūratė me marcó la misma noche en que mi tío murió?

—No lo sé —dijo Casandra con toda honestidad—. Supongo que es posible. Espera, permite que te muestre algo.

La muchacha procedió entonces a enseñarle el pasaje que hablaba de Jūratė dentro del libro celeste.

—Vaya. No recordaba que este libro mencionase ninguna sirena —dijo el chico, cuyo disgusto era más evidente que su miedo—. ¡Qué criatura horripilante! —gimió—. ¡Me da asco! ¡No quiero ser su esposo, Casandra!

Casandra puso su mano sobre la de Reijo y le explicó que había enterrado su perla, así como las razones por las cuales creía que aquel sencillo truco podría protegerlos. El chico tomó un hondo respiro y afirmó con tono solemne, mirándola a los ojos:

—Quiero que sepas que, si lo que dice este libro llegase a cumplirse conmigo, no sería por mi voluntad. Deseo estar contigo más que nada en el mundo.

Las palabras de Reijo causaron que los ojos de la chica se encharcaran, pues estas estaban cargadas de decisión, por lo cual no pudo menos que tomarlas como una renovada promesa de amor. Si Reijo deseaba compartir su vida con ella, ella quería lo mismo con todo su ser. Pensó entonces que debían derrotar a Jūratė a como diese lugar, y le pareció que en su interior se manifestaba una fuerza que había desconocido hasta entonces, la cual le infundía confianza en el porvenir. Mientras ambos desearan lo mismo, nada ni nadie podría separarlos.

—Aunque... —dijo el chico.

—¿Sí? —inquirió Casandra, súbitamente preocupada por el tono de Reijo.

—Olvídalo, es solo una superstición.

—¡Dímelo, por favor! —le rogó ella.

—Bien, ya que insistes —replicó el muchacho—. Si algo llegase a ocurrirme... ¡Bah! ¿Por qué tuve qué hablar? Nada me pasará.

—Reijo —dijo ella, a punto de sollozar—, te suplico que me reveles lo que cruzó tu mente, por descabellado que sea.

—Gerth Mertens compartió conmigo hace muchos años la trascripción de una serie de instrucciones que una antigua sacerdotisa redactó —resopló él—. Es un hechizo o una sarta de pamplinas por el estilo que se supone puede salvar al elegido de la sirena. Lo había olvidado por completo hasta que me enseñaste esa horrenda ilustración. Además, solo puede realizarlo una mujer, así que su relevancia para mí siempre fue nula.

—¿Y bien? ¿Dónde se encuentran esas instrucciones? —exclamó la chica, exaltada.

—Creo haberlas ocultado en uno de tantos libros de mi tío, justo en esta casa... Dentro de su Atlas, si no estoy mal. Fue hace demasiado tiempo. Pero, Casandra, es necesario que te calmes. Mírame, por favor: voy a estar bien. Es una ocasión feliz y no quiero arruinarla con asuntos trágicos. Hazlo por mí, hermosa mía. Sonríe. No hablemos más de Jūratė. Que sea mi regalo de cumpleaños, ¿te parece?

Haciendo un esfuerzo descomunal, la muchacha asintió y se propuso mostrarse alegre al menos en lo que quedaba del día.

Una vez escampó y las ropas de Reijo terminaron de secarse junto al fuego, él, Marion y Casandra se dirigieron a casa de los padres del primero para la celebración de su cumpleaños. Había tanta gente en el interior de la vivienda blanca que daba la impresión de que la ciudad entera se hubiese reunido allí: marineros, pescadores, comerciantes, fabricantes de botes, mujeres y niños se alegraban de celebrar en comunidad. Algunos hombres de mar que también eran músicos entonaban una extraña polca típica de Finlandia, y todos demostraban el cariño que les merecía Reijo por medio de regalos significativos asociados con su oficio como linternas, pequeños faros artesanales, móviles hechos a partir de huesos de pescado y bolas de cristal llenas de agua de mar y arena, entre otros objetos que los habitantes de la localidad solían tener en sus casas. Por su parte, Casandra le obsequió el retrato que había comenzado a dibujar durante su viaje, el cual había complementado con detalles reales y puesto en un marco de madera de pino barnizada. Como se había sentido tan nerviosa durante los días previos, no había logrado captar la expresión de la mirada del chico a pesar de ser una retratista bastante hábil, lo cual lamentaba. Reijo, aun así, no se dio por enterado, pues se sentía amado por todos, lo cual lo satisfacía inmensamente, y departió con gozo, comiendo, bebiendo, cantando y riendo en compañía de los amables comensales hasta pasado el crepúsculo. Disfrutaba ser el centro de las atenciones de quienes lo habían visto crecer y se decía que, si habían acudido a felicitarlo en aquella fecha, ello significaba que él no les había fallado como amigo ni como encargado del faro, por lo cual podía caminar con la frente en alto.

Si bien esa noche decembrina era una de excepcional claridad y Reijo había dejado la luz del faro encendida, este debía retornar al islote para asegurarse que todo continuase funcionando óptimamente y así las embarcaciones que se aproximaban a la costa no sufriesen ningún percance evitable. Su familia y amigos lo escoltaron a la playa entonando canciones divertidas, contando historias acerca de la vida de la gente de mar y bromeando acerca de sus oficios hasta que llegaron a la orilla. El muchacho abrazó largamente a sus padres, a Marion y, por último, a Casandra, y procedió a subir a su bote cargado de regalos, disponiéndose a remar hacia el faro conforme quienes restaban en tierra firme agitaban sus brazos en señal de despedida. Las aguas lucían serenas y la fina capa de bruma que reposaba sobre la superficie no impedía que el reflejo de la luna llena esplendiese en ellas.

Cuando Reijo se había apartado una quincena de metros de la costa, no obstante, su bote empezó a girar sobre sí mismo como si un remolino se estuviese formando bajo la quilla. Las olas se elevaron en torno a la embarcación, ocultándola casi por completo de modo que solo se vislumbraban aquí y allí las ropas del muchacho. El rumor del mar se tornó tan intenso que encubrió los gritos de horror de sus allegados, y el oleaje fustigó la ribera obligando a unos y otros a retroceder.

Aterrada, Casandra advirtió que la barca se detenía de manera abrupta mientras que el agua continuaba girando a su alrededor, y una silueta que ya le era familiar se traslucía bajo las olas, entre la costa y el remolino. Una cabeza plateada surgió del océano y, poco a poco, la totalidad de un rostro de apariencia casi humana y un torso femenino desnudo fueron observados por todos. En ese instante, el oleaje se aquietó y nadie osó musitar una sílaba: la reina del mar se presentaba ante ellos, la mitad inferior de su cuerpo inmersa en el agua salada, las puntas de sus cabellos fundiéndose en el suave vaivén de las ondas, su mirada verde fija en la costa. Una corona de nácar y perlas grises adornaba su frente, confiriéndole un aire majestuoso.

—Soy Jūratė, señora de estas aguas y de todo lo que en ellas vive —anunció en un finés algo accidentado, con una voz que fácilmente podría haber sido confundida con el chillido de un animal marino—. He venido a reclamar el hombre que me pertenece.

Solo Casandra dejó escapar una exclamación despavorida. Reijo, por su parte, parecía haber enmudecido.

—Esto es, por supuesto, si él acepta ser mi rey consorte —prosiguió la sirena cuya faz, aunque descolorida, era reminiscente de aquella esbozada por Leonardo da Vinci en su celebérrima obra *La Mona Lisa*, que ese año había sido robada del Louvre. Casandra observó que poseía, al igual que esta, un aire de maligno misterio, de mezquindad contenida, de viejas tristezas que se tornan en crueldad. Aun si el movimiento de sus labios dejaba entrever las puntas de sus dientes de tiburón, este era tan sutil que se habría dicho que los músculos faciales de la reina del mar permanecían en perfecta quietud mientras que ella hablaba. Solo su mirada, profunda y a la vez vacía, parecía absorberlo todo, reconociéndolo sin verlo, traspasándolo y apreciándolo con una extraña conciencia que proviene de la impasibilidad, el sumo conocimiento de aquel que reconoce su propia frialdad y la lleva tanto con orgullo como con resignación en la acuosa tumba de un corazón egoísta.

—Antes de tomar una decisión, sin embargo —prosiguió la reina al tanto que Casandra temblaba—, debe tomar ciertas cosas en consideración:

"Yo rijo el mar del cual vosotros os alimentáis y gracias al cual subsistís, mar que podría destruir las frágiles viviendas desde donde lo observáis día a día, así como las embarcaciones que lo surcan tanto para alcanzar este puerto como para partir hacia otros destinos.

"Soy dueña de las criaturas que en él habitan y domino sus reacciones a voluntad. Todas me obedecen. Tengo la capacidad de ordenarles desplazarse hacia otros mares, de modo que vosotros perdáis vuestro sustento, bien nadar hacia la costa y perecer lentamente, contrariando así su propio instinto, o bien permitirles que continúen viviendo y muriendo en armonía entre sí y con vosotros. También puedo mandarles, sean o no letales para el hombre por naturaleza, matar a quien se atreva a tocar mis aguas. Llegaríais a averiguar cuán fascinante es la visión de un homicidio perpetrado en conjunto por animales que en general se caracterizan por su mansedumbre.

"Si Reijo osara despreciarme, la vida, tal y como la conocéis, podría cambiar. ¡Cuán bella es la estabilidad! He contemplado la apacible existencia de los habitantes de estas costas, regocijándome a través de los siglos en la ausencia de alteraciones significativas. Generación tras generación, todos nacéis, crecéis, envejecéis y morís replicando las vidas de vuestros progenitores sin pena ni gloria, heredando tanto sus oficios como sus propiedades, obrando en conformidad con la tradición de acuerdo con vuestro género y posición, disfrutando de los pequeños detalles de la cotidianeidad y compartiendo las inevitables y necesarias penurias que hacen parte de vuestra condición de mortales.

"Yo no quiero —afirmó, y por un instante pareció como si fuese a llorar— que nada cambie. Vosotros tampoco lo deseáis. Os habéis habituado, con razón, a saber cómo será el día de mañana. Lo que ignoráis es que esto me lo debéis por entero a mí. ¡Lo imprevisible resulta siempre tan odioso! Aunque jamás habéis apreciado lo mucho que hago por vosotros, soy parte fundamental de vuestras vidas, la pieza central que unifica el todo, quien hace posible que podáis daros el lujo de sentir el paso del tiempo mientras trabajáis, criáis a vuestros hijos y veis canas asomar a vuestros cabellos. Gracias a mi influencia podéis decir, antes de ir a dormir: *a pesar de los esfuerzos que tuve que realizar, este fue un buen día*.

"Porque es bien sabido que el ser humano debe esforzarse aunque sea un poco para reconocer que la placidez inamovible de los años ha valido la pena, y así he permitido que se sucedan las generaciones, sin interferir demasiado en vuestros quehaceres para que, cuando yazcáis en vuestros lechos de muerte, rodeados de amigos y familia, miréis hacia atrás y la vasta colección de días que llamáis vida parezca uno solo, corto pero amable, un amanecer de invierno que se une al ocaso de la misma estación, y así descanséis en paz.

"Como vosotros, yo también amo estas costas y odiaría tener que arrastraros a todos, con vuestras viviendas, embarcaciones, chucherías y animales terrestres, al fondo de mi reino, a cambio de la soltería de este muchacho que ahora se encarga del faro. No. Es menester que me comprendáis. Me gusta veros en vuestro lugar correspondiente, que es la superficie, y quiero que sepáis que, de contar con vuestra cooperación, evitaría no solo la gran catástrofe a la que acabo de referirme sino otras de menor escala, fruto de la intempestiva naturaleza o del azar, en las cuales no suelo entrometerme.

"Además, la prosperidad de este puerto podría acrecentarse más allá de lo que imagináis una vez mi felicidad esté completa. Los peces podrían reproducirse con mayor frecuencia y hacerse más fáciles de pescar, la marea cooperaría con cada barco, acelerando su trayecto y llevándolo a puerto seguro. Tesoros ocultos emergerían a la superficie y ningún niño sería arrastrado por una ola aviesa cuando este estuviese jugando en la playa, como ha ocurrido en algunas infortunadas ocasiones. Las criaturas salvajes, por su parte, jamás confundirían la sangre de un hombre con la de una de sus presas de manera que, si algún pescador herido llegase a caer al agua, retornaría a casa entero y con el bote repleto de mercancía.

”En cuanto a Reijo, se convertiría en el rey del mar. Sé que algunos habéis creído, por culpa de alguna que otra pluma odiosa que se ha deleitado en difamarme, que devoro a mis consortes. Os garantizo que tal no sería el destino del buen muchacho a quien esta noche pido, honrando su libre albedrío, me acompañe a la profundidad. ¡Oh, no! Sería incapaz, al menos mientras que el ciclo natural de su vida humana durase, de probar un solo bocado de sus tiernas carnes. Debo aclarar, sin embargo, que el cuerpo del rey del mar jamás debe ser enterrado en tierra firme, pues sería una afrenta a su título.

”Por lo tanto, una vez perezca en su vejez, y solo tras haber llevado una vida plena y opulenta, mis pequeños consumirán sus restos mortales, aunándolos con el océano. Pero os prometo que, mientras reine conmigo, escucharé todas sus propuestas y deseos, esmerándome en hacerlo feliz, porque quiero complacerlo. Lo halagaré, elevándolo incluso por encima de mí misma, alabando sus virtudes humanas e infrahumanas y haciendo que se sienta siempre poderoso, pues lo será gracias a mí.

”En lo que concierne su entretenimiento, hay otros seres como yo allá abajo, y nuestros festejos son decadentes. Las mujeres-pez del fondo del mar son, en mi opinión, lo bastante atractivas y divertidas como para que los ojos de Reijo no sufran extrañando a las que habitan la tierra —dijo, posando la mirada vacua sobre Casandra—. Y yo no estoy tan mal, ¿verdad? —inquirió de inmediato, girando sobre sí misma en el agua y permitiendo que la luz de la luna brillase sobre la piel traslúcida de sus hombros inclinados, sus senos medianos y su abdomen ligeramente graso pero firme. En realidad, Jūratė poseía una apariencia aciaga aunque interesante, y no del todo desprovista de atractivo, la cual el espectador podía llegar a apreciar una vez acostumbrado a ella.

"En cuanto a los varones que moran en las profundidades, son tan numerosos como las mujeres-pez y más sabios que los humanos, ya que, además de escuchar cuanto digo allá abajo, no se ven obligados a trabajar para sobrevivir. Dedican sus días a la sosegada contemplación de lo que los rodea, tal y como hará Reijo cuando me acompañe. Es, pues, asunto muy provechoso para todos los implicados que él acceda, haciendo pleno uso de su raciocinio, a desposarme bajo el mar.

"Dime, querido —musitó, tornándose entonces hacia el muchacho—, ¿no desearías lograr que una ola se eleve tanto como una montaña, o detener su ímpetu justo a tiempo para salvar una embarcación llena de hombres de mar? ¿No deseas que todas estas personas que ahora te observan esperanzadas tengan un radiante y rico porvenir? Serás reverenciado entre todos ellos así como en las profundidades; la leyenda de tu altruismo viviría por siempre. Seré lo bastante generosa de permitir que emerjas una vez al año a la superficie para que todos puedan contemplarte en la lontananza y vitorearte, o bien postrarse en tierra para demostrarte su agradecimiento.

"Porque agradeceréis su decisión cada instante de vuestras vidas, ¿no es así? —exclamó, dirigiéndose al grupo, cuya afirmación colectiva no se hizo esperar.

—¡Acepta, muchacho! —gritaban unos y otros.

—¡No lo hagas, Reijo! —clamó Casandra con el rostro cubierto de lágrimas, cayendo de rodillas sobre la playa y extendiendo sus brazos hacia el mar—. ¡Es evidente que es una trampa!

—Si Reijo acepta mi propuesta —la interrumpió Jūratė, opacando su pobre súplica enamorada sin apenas dirigirle una mirada—, os doy mi palabra no solo de que ascenderemos a veros justo antes de consumar nuestra boda dentro de tres noches, sino de que os traeré un invaluable regalo.

—¡Yo quiero que mi hijo sea el rey del mar! —vociferó de repente la madre de Reijo, dando un paso adelante. La ambición refulgía en sus ojos y su cuerpo entero temblaba de emoción.

—¡También yo lo deseo así! —exclamó su padre, tomando a la madre de la mano en señal de convenio.

—Es un honor para nuestra familia que toda una reina haya elegido por consorte a nuestro hijo —lloriqueó la mujer, quien también se alegraba secretamente de no tener una nuera demasiado guapa con quien competir dentro de su núcleo familiar, inclinándose en una especie de reverencia torpe al tanto que el marido sonreía con una mueca desagradable.

Era evidente que deseaban adular a Jūratė, y contaban con el respaldo de todos sus allegados quienes, enardecidos ante la perspectiva de prosperar aún más, se dieron a gritar:

—¡No tienes nada que perder, Reijo!

—¡Hazlo, muchacho! ¡Sé nuestro monarca!

—¡No seas necio, escucha a tus padres! ¡Ellos saben lo que es mejor para ti!

—¡No se desprecia la propuesta de una reina, y menos aún la de una tan agraciada y afable como lo es nuestra señora Jūratė!

La sirena, en cuyos ojos reposaba un secreto velado, esbozó una leve sonrisa y, ladeando la cabeza adornada, inquirió:

—¿Y bien, Reijo? ¿Serás mi esposo mientras vivas?

El muchacho, mirando sus propias manos inertes, murmuró:

—No tengo alternativa. Seré el esposo de Jūratė.

—¡No! —gritó Casandra al tanto que sus sollozos eran apagados por las exclamaciones de júbilo de los presentes quienes, con excepción de Marion, se precipitaron a abrazar a los padres de Reijo.

Jūratė, sin embargo, elevó su voz de modo que todos la escucharan:

—Sí que tienes alternativa, Reijo. Podrías negarte a habitar conmigo en las profundidades y afrontar las consecuencias de tu decisión.

De nuevo se hizo el silencio hasta que el padre de Reijo lo espetó:

—¡No nos decepciones, hijo!

—¡Honrarás a padre y madre! —le recordó un pescador.

—¡No quiero afrontar las consecuencias de una negativa! —lloriqueó al fin el muchacho—. Perdóname, Casandra. No es lo que deseo hacer. Quería compartir mi vida contigo como te lo había prometido pero...

—Detente ahora mismo —alegó Jūratė—. Tú no estás obligado a romper ninguna promesa que hayas hecho sobre la tierra. Debes aclarar que vienes conmigo con plena libertad, haciendo uso de tu voluntad.

—La libertad es relativa cuando se trata de promover el bienestar de nuestros seres amados —se excusó Reijo.

—¡Pamplinas! —farfulló Marion, quien no soltaba el brazo de Casandra, temiendo que esta se arrojase al océano.

—Y, sin embargo, tu voluntad es complacerlos, ¿no es así? —preguntó el monstruo, dirigiéndose al muchacho.

—Así es —masculló este.

—¿Por encima de ti mismo? —insistió la reina.

—El bien de la mayoría es más importante que el bien de uno —respondió él al fin en un suspiro, y a Casandra le pareció que el alma del chico escapaba a través de sus labios. Hubiese querido preguntarle: ¿Y qué hay de nuestra *felicidad?*, pero una voz interior le dijo que las palabras que Reijo acababa de pronunciar eran la más contundente rendición que un ser humano podía expresar.

—¡Hablas con sabiduría! —exclamó la reina—. Es cuestión de números. Me maravilla que un muchacho que no asistió a la escuela tenga nociones matemáticas tan claras. Además, Reijo, la felicidad humana es un gran intangible que nadie alcanza jamás. Nada garantiza que hubieras podido siquiera rozarla en compañía de una mortal, pues vuestras vidas son en exceso simples. La monotonía característica de vuestra existencia acaba con cualquier amor, incluso con el verdadero... y, en todo caso, tú aún no has conocido el amor.

El decreto de Jūratė impactó el corazón de Casandra con tal fuerza que esta perdió el conocimiento sobre la playa. La sirena, por su parte, se deslizó hacia la barca que aún sostenía a Reijo y, situándose junto a ella, ordenó:

—¡Saludad a Reijo, vuestro héroe, quien por lo mismo es vuestro rey aun antes de que nuestros esponsales se lleven a cabo pues, como sabéis, un monarca de corazón se inmola por su pueblo, sacrificando su felicidad temporal, siempre ilusoria, por un bien superior que es siempre ajeno! ¡Ante todo la obediencia! ¡No hay gloria sin sufrimiento!

Aunque no comprendían del todo el discurso de Jūratė, este les traía reminiscencias del culto religioso al que por costumbre, al igual que a todo lo demás, se adherían. Y, en parte por esto y en parte por el frenesí del momento, se encontraron clamando el nombre del muchacho que había renunciado a la vida sobre la tierra por ellos. Pero el sentimiento que imperaba en sus corazones, oculto tras la expectativa de un mejor mañana y el desenfreno generado por las extrañas circunstancias del momento, era el de la aprobación que surge tras haber alcanzado un consenso. Por esto, a pesar del inmenso egoísmo que los movía, unos y otros consideraban que Reijo había hecho lo correcto, y sus conciencias estaban en paz.

Mientras gritaban y aplaudían, el monstruo se abalanzó sobre el muchacho y lo arrastró consigo fuera de la barca, tras de lo cual desapareció con él bajo la resplandeciente superficie del mar, dejando a su paso una estela de burbujas emergentes.

Gerth Mertens, quien lo había observado todo tras una gran roca playera, solo se atrevió a salir de su escondite cuando el grupo maravillado se dispersó dejando atrás a Marion y a Casandra, quien apenas volvía en sí. Tras ayudar a la abuela a incorporar a la muchacha, insistió en que era urgente que se alejasen de la orilla y pasando el brazo de Casandra por sobre sus hombros, inició el retorno a la ciudad con Marion pisándoles los talones.

—Es menester que hablemos al respecto de los sucesos recientes —afirmó, su respiración exacerbada por el esfuerzo físico—. El dueño de la habitación que ocupo mencionó que dos mujeres habían ido a buscarme en varias ocasiones en el transcurso de la semana y ahora sé que se trata de ustedes.

Comprendiendo que aquel era el hombre de mar que podía darles información al respecto de la sirena, Marion se apresuró a sugerir que se dirigiesen a su casa para dialogar en privado.

La pobre Casandra, por su parte, había caído en una especie de delirio febril y a duras penas si se enteraba de lo que ocurría a su alrededor. Una vez en el cálido salón de la gran casa que miraba al océano, y sosteniendo vasos de *glögi* caliente en sus manos, los tres sintieron que las especias, el azúcar y el alcohol de la bebida los reanimaban.

—Ha muerto —murmuraba Casandra sin cesar, su mirada castaña clavada en el suelo—. Reijo ha muerto. ¡Jūratė lo devoró!

—¡El muchacho vive! —la contradijo el marinero—. Se lo puedo asegurar. Sin embargo, no será así por mucho tiempo a menos que hagamos algo al respecto.

Marion lo miró expectante, apremiándolo a continuar.

—He recolectado y estudiado toda la información que se relaciona con Jūratė desde que mi abuelo me habló de su leyenda cuando yo aún era un niño. Él, hombre de mar como mi difunto padre y como yo, sabía que la sirena no tardaría en enviar sus lágrimas a la superficie para hacerse con un nuevo consorte y temía profundamente que pudiese tratarse de uno de los varones de su descendencia, aun sabiéndose él mismo salvo por haber alcanzado la madurez.

"Puesto que es imposible que un pescador sepa con antelación lo que sus redes sacarán del océano, insistió en que todos sus hijos y nietos pescaran exclusivamente con arpón o caña y nos rogó jamás tomar ninguna concha o cofre procedentes del mar, así estuviésemos paseándonos por la playa. Evitaba las perlas como si estas fuesen portadoras de enfermedades, en especial las de color azul, pues su padre le había advertido que estas podían ser las lágrimas de la sirena, y nos pidió que procediésemos con la misma cautela.

"El progreso, empero, hace a la gente escéptica, y de mi familia soy el único que continuó acatando los deseos del abuelo una vez pasada la adolescencia. ¡Poco imaginaba que vería con mis propios ojos las lágrimas malditas transformadas en perlas! Debo admitir que agradecí profundamente no haberlas encontrado yo, y que huí del faro como un cobarde cuando Reijo me las enseñó. Para cuando traté de prevenir a su padre, mis circunstancias mundanas habían hecho que yo perdiese toda credibilidad para con él. Quizá debí poner más empeño en que me prestase atención, pero lo cierto es que sabía que este día llegaría y no creí que hubiese un modo de engañar al hado hasta que la misma reina del mar dio a Reijo la opción de acompañarla.

—¿A qué se refiere, señor Mertens? —inquirió Marion.

—Jūratė solo elige un nuevo consorte cada trescientos años, por lo cual las circunstancias que rodean dicho evento terminan por convertirse invariablemente, con el paso del tiempo, en poco más que rumores. Sin embargo, el último marido de la sirena fue un hombre del mismo linaje de mi padre y su hermano documentó en su diario, el cual tengo en mi poder, todo cuanto ocurrió la noche en que el pobre fue arrastrado al fondo del mar por parte del monstruo. Este jamás tuvo una opción. La discrepancia entre aquel suceso y el que atestiguamos esta noche me hace pensar que la sirena no tiene tanto poder sobre Reijo como lo tenía sobre su anterior elegido.

—¡La perla de Casandra! —exclamó Marion y, ante la mirada inquisitiva de Gerth, procedió a explicar que Reijo se había desprendido de una de las dos lágrimas, obsequiándosela a Casandra como muestra de amor puro.

—¡Allí está! —replicó Gerth, enrojeciendo intensamente—. ¡Tiene que ser eso! El más antiguo de los libros que poseo dice que Jūratė solo puede hacerse con el varón que porte sus lágrimas, en plural. Supongo que por esto debió exigir que Reijo la acompañase voluntariamente.

—¡Cielo santo! ¡Yo sabía que el pobre estaba siendo manipulado! —lloró Marion—. ¡Y pensar que sus padres lo presionaron de semejante modo cuando el mismo monstruo asesinó a mi Olli, el tío del chico!

—¿Qué quiere decir con eso? ¿Por qué afirma que Jūratė asesinó al buen capitán? —la interrogó Gerth Mertens, enrollando la punta de su bigote gris entre los dedos.

Tras escuchar la explicación de Marion, sentenció:

—Jūratė no puede matar a ningún hombre que no sea su cónyuge, mi estimada señora. De lo contrario se saciaría con la carne fresca de cuantiosos marineros. Parte de la maldición que lleva a cuestas es replicar su primer homicidio a lo largo de los siglos.

—Oh, por supuesto que el monstruo no devoró a mi Olli... pero estoy segura de que causó su naufragio —aclaró la buena mujer.

—De nuevo, eso es en extremo dudoso —contestó el señor Mertens tras beber un gran sorbo de *glögi*—. Si bien Jūratė tiene la facultad de crear algunas olas grandes o vórtices marinos moderados, no posee la capacidad de desatar una tormenta o hundir una embarcación voluminosa. Sí puede sujetar a una persona bajo la superficie del agua el tiempo suficiente para ahogarla, y también puede volcar una barca pequeña, pero no es así como falleció su marido, que en paz descanse. Lo que quiero decirle es que la sirena maldita no es mucho más poderosa que un pez de su mismo tamaño aunque pueda realizar ciertas artimañas que a lo sumo denominaríamos efectos intimidatorios o ilusionismo.

—¿Qué hay de sus amenazas? —preguntó Marion, palideciendo al considerar que tal vez el sacrificio de Reijo hubiese sido vano en su totalidad.

Gerth rompió a reír.

—El único motivo por el cual Jūratė es la reina de este mar, además de su ilustre título antes de transformarse en un monstruo, es el hecho de que posee una inteligencia superior a la de las otras criaturas marinas de la región. No me malentienda: según mis investigaciones, la sirena sí posee una magia especial, la cual en parte la compensa por el hecho de estar maldita, pues todo lo que existe debe tener un equilibrio. Sin embargo, los alcances de dicha magia no son lo que ella desea hacernos creer.

—¿Cómo puede estar tan seguro de esto, señor Mertens?

—Todo está en el diario de mi antiguo pariente, Sven Mertens. Este, queriendo proteger la vida de su hermano menor, tuvo la valentía de desafiar a Jūratė, arrojándose al agua helada y siguiéndola a nado cuando esta ya arrastraba al muchacho hacia las profundidades. Tal fue su ímpetu que logró arrebatarle al chico de entre los brazos y ascender con él a la superficie, hallando refugio en uno de los pequeños islotes rocosos que se hallan al Oeste.

"La reina, como es de suponer, permaneció largo rato bordeando el islote y profiriendo amenazas contra Sven hasta que él, furioso, la desafió a que hiciese uso de su magia. Jūratė hizo entonces que varias olas de gran altura cayesen sobre él y su hermano, chillando y aullando de forma tal que los hombres creyeron que perderían la razón y terminarían por lanzarse al mar si ella no callaba pronto.

"Aun así, la perdición del menor de los hermanos no llegó por causa de la magia de la sirena sino porque, una vez esta se rindió y las olas se aquietaron, el elegido divisó en el filo inferior de la roca las mismas perlas azules que había hallado en el interior de una concha tantos años atrás. Deseando recuperarlas, ya fuese por un gran apego o por su valor estimado, a

cuantiosas batallas, nunca la había engalanado con un presente semejante.

"Así pues, la reina se enfurecía cuando su súbdita, a quien consideraba su rival, se paseaba por los pasillos ostentando las enormes perlas. Le había prohibido llevarlas en toda celebración, por lo cual la mujer solo las lucía durante sus paseos en el área aledaña a su habitación, pero ello no evitaba que la envidia aquejase a la reina. Por si fuera poco, la mujer era además muy bella y las joyas destacaban su encanto natural.

"Jūratė empezó, pues, a idear un modo de enviarla lejos y quedarse con las perlas, y aprovechó la ausencia del rey para concertar un matrimonio entre su hermano, quien habitaba en una de las islas cercanas, y su súbdita, sugiriéndole a esta que entregase las perlas a su familia a manera de dote con el fin ulterior de apoderarse de ellas. Su rival, sin embargo, no deseaba casarse con el hermano de la reina e insistía en que Jūratė debía consultar aquel asunto con el rey cuando este retornase.

"La reticencia de la mujer causó que Jūratė montase en cólera y la encerrase, despojándola del collar y castigándola sin piedad por desafiar su autoridad. Al cabo de un mes, cuando regresó su marido, Jūratė fue a su encuentro exhibiendo no solo las perlas sino un pequeño vientre de embarazada. El rey, sin embargo, no reaccionó como ella lo esperaba sino que inquirió con voz de trueno:

"—¿Qué has hecho con Agđa? ¿Por qué llevas sus perlas?

"—Rehusó desposar a mi hermano y por ello la confiné —replicó la altiva Jūratė—. En cuanto al collar, simplemente lo tomé porque tú no me has dado uno mejor.

"Enfadado por el tono acusatorio de la reina, el rey ordenó a sus hombres que liberasen a Agđa y la trasladasen a la más bella habitación de la estructura, la cual Jūratė había adecuado hacía años para recibir a su progenie, que hasta entonces no había dado señales de querer venir al mundo. Aun así, el rey permitió a su esposa conservar las perlas mientras duraba el término de su embarazo pues no quería indisponerla en un momento tan crítico, y prometió a Agđa que la resarciría por su pérdida.

"Aun si Jūratė había conseguido retener las joyas gracias a su estado, no cesaba de lamentar que su marido no la respaldase alentando el casorio de Agđa con su hermano, y a la sazón rabiaba pensando en lo cómoda que aquella se encontraba en las habitaciones que ella misma había dispuesto para su descendencia.

"Una noche, la reina se dijo que persuadiría a su marido de obrar según sus deseos y, envuelta en su vestido más hermoso, acomodó las perlas en torno a su cuello de modo que estas reposaran sobre su escote, entonces más lleno. Confiaba en que la gracia de una maternidad más evidente, unida al aire de poder que le conferían las joyas, haría que su esposo la encontrase lo bastante agradable como para ceder, y se dirigió a los aposentos del último para realizar su petición con las estrellas brillando sobre su cabellera, que en aquel tiempo despedía fulgores ambarinos como el palacio donde moraba. Puesto que al fin daría a Baltia un muy anhelado heredero, usaría la gravidez a su favor para que su marido la complaciese doblegando al fin la voluntad de la que consideraba su rival.

"Cuando los centinelas anunciaron que el rey se hallaba en otro lugar discutiendo asuntos de batallas, la desilusión de Jūratė fue breve porque divisó el cálido esplendor de una vela en la habitación de Agđa y, olvidando su propósito de momento, quiso presumir ante ella el tesoro que el rey le había permitido conservar a pesar del muy estricto código de honor en cuanto a la apropiación de los bienes ajenos en Baltia, que estaba prohibida aun por parte de los monarcas o sus familiares. La reina resentía que su esposo le impidiese obrar con autonomía absoluta en ciertos asuntos y, desprovista de cualquier sentido de la prudencia, desconocía el hecho de que la supervivencia de su pueblo dependía de la habilidad de su marido para hacer que hasta los acuerdos más básicos se respetasen.

"Por lo tanto, soñaba con demostrar, aun cuando fuese a unos pocos, que estaba en capacidad de influir el proceder del rey y que, así este tuviese la última palabra en lo que se refería al bienestar de Baltia, su voluntad no era más que la consecuencia de lo que ella, como su esposa, ya había iniciado. Ella dañaba a su antojo y él corregía los resultados de su insensatez, siempre guardándose de humillarla ante los demás.

"Lo cierto es que el rey temía a Jūratė sin ser enteramente consciente del origen de su miedo. Más allá del carácter veleidoso de su esposa, el cual se había ido revelando de modo paulatino, la intuía capaz de causar alguna calamidad indeterminada y por esto procuraba consentir sus pequeños caprichos, de modo que ella no interfiriese en los asuntos de verdadera importancia. Por otra parte, se había habituado a soportar con paciencia los celos fortuitos que la dominaban en proximidad de otras mujeres y, como estos ya le habían sido ocasión de vergüenza pública en el pasado, había acabado por fingir que no reparaba siquiera en sus súbditas. Por lo mismo, no había anticipado que hallaría una distracción tan poderosa en los ojos oscuros de Agđa cuando ella había llegado a Baltia.

"La exquisita mujer lo había embelesado desde entonces y como hombre reflexivo que era, había decidido no acercarse demasiado a ella, contentándose con observarla en la distancia, lo cual solo había conseguido que su pasión aumentara tanto que, tras retornar a Escandinavia después de una muy arriesgada excursión, se encontró haciéndole entrega del más valioso tesoro que había obtenido, un collar perteneciente al templo de Poseidón en Hellás, como solía llamarse entonces Grecia. Agđa, por su parte, no quería aceptar el regalo, pues también se había enamorado del rey y no deseaba que la intensidad de sus sentimientos se redujese a una prenda. La negativa de la mujer hizo que surgiese en él el coraje de confesarle al fin su amor, y ella comprendió el verdadero significado del regalo cuando el rey sentenció:

"—Ni siquiera el océano, de cuyo fondo provienen estas perlas, conoce la profundidad del amor que albergo. Solo estaba, Agđa, hasta que encontré tu mirada entre las otras, árido en la victoria como ninguno hasta que apareciste tú. El tesoro de Poseidón no es comparable con el que tengo ante mí, pues mi única alegría, aunque distante, es tu existencia.

"Sabiéndose correspondida pero sin atreverse por ello a consumar su amor por temor a Jūratė, Agđa aceptó llevar las perlas como símbolo de aquel sentimiento que, sin poder realizarse, la vinculaba con el rey. A partir de aquel día debieron resignarse a una contemplación compartida y, durante las celebraciones, a decirse cuanto sentían sin apenas cruzar palabra. Sin embargo, les bastaba con mirarse en silencio y saber que aquellas perlas abrazaban el cuello de Agđa como deseaba ardorosamente hacerlo el rey.

"Así pues, estos amantes que no eran amantes jamás imaginaron que la envidiosa reina se vería tan perturbada por la necesidad de poseer aquel tesoro. Con el paso de los meses, Agđa fue descubriendo la sevicia de la reina hasta que, tras ser torturada por ella, perdió por completo la voluntad que le impedía yacer en los brazos del hombre al que amaba y al fin se permitió caer felizmente, con sensación de libertad infinita, en la pasión que ambos anhelaban expresarse por medio de la mutua seducción.

"Si antes había rechazado un sinfín de pretendientes por los sentimientos que la consumían en secreto, ahora Agđa estaba segura de que ella y el rey se pertenecían el uno al otro, y haber perdido el tesoro de Poseidón, el cual jamás había considerado realmente suyo, a cambio de experimentar la plenitud de estar junto a su gran amor, era motivo de alegría para ella.

"Y así fue como Jūratė halló a los amantes, que para entonces sí que lo eran, en el lecho de los herederos que aún estaban por nacer. Ataviados únicamente con la cálida transpiración que aún los revestía, Agđa y el rey se profesaban tiernas palabras y caricias tras un encuentro amoroso, riendo en baja voz y deleitándose en el presente tras haber olvidado el mundo por completo durante algunos instantes sublimes. Ninguno se percató de la presencia de Jūratė hasta que esta, haciéndose con la daga que reposaba en el suelo, la enterró reiteradamente en la espalda del rey, cuyo cuerpo desnudo aún reposaba sobre el de la mujer a la que veneraba.

"La sangre derramada inundó las mantas mientras que el rey expiraba con los ojos fijos en los de su amante. Para cuando la trastornada Agđa, quien de repente se había creído inmersa en la más espantosa pesadilla, distinguió en la penumbra la silueta de Jūratė, el rey había cesado de mirarla: su espíritu había abandonado el cuerpo yerto, dejando en su lugar el vacío que sucede a la muerte.

"—¡Jūratė! —Se escuchó chillar, asimilando el espeluznante suceso conforme caía en la cuenta de que el corazón del monarca, al cual el suyo había estado tan fuertemente unido hasta los momentos previos, ya no latía—. ¿Qué has hecho?

"La reina, aún aferrando la daga, observaba su propia mano ensangrentada con sombría fascinación.

"—Acabo de reclamar lo que me pertenece —murmuró y, por el tono de su voz, Agđa supo que sonreía.

"En efecto, la reina se había deslumbrando a sí misma al descubrir que había sido capaz de asesinar a su esposo y experimentaba por primera vez una satisfacción que colmaba todos sus sentidos.

"Los gritos de horror de Agđa alertaron a los centinelas pero, para cuando estos se presentaron en los aposentos donde los amantes se habían ocultado para gozar del que ignoraban sería su último abrazo, Jūratė ya huía en dirección a la más alta torre del palacio. Presa de una enajenación temporal causada tanto por el dolor como por la conmoción, Agđa corrió desnuda y ungida de sangre tras de la reina en compañía de los centinelas y también de los hermanos del rey quienes, conociendo el temperamento de la reina así como la naturaleza de la relación que el monarca sostenía con la dama de compañía, dedujeron lo que había ocurrido y se dispusieron a vengar la muerte de su hermano.

"—¡Regicida! —vociferaban unos y otros cuando le dieron alcance.

"La reina estaba de pie en el borde de la estructura encarando el mar Báltico que rodeaba el ala Norte del palacio. Habiendo llegado al extremo de la torre descubierta, ya no podía avanzar más. Sus largos cabellos castaños flotaban en el viento y aún llevaba en la mano el arma con la que había dado muerte al rey. Se dio la vuelta con lentitud y cuando sus perseguidores observaron su rostro, notaron que su mirada había perdido todo rastro de humanidad. Tras fijar sus ojos en el rostro de Agđa, quien sollozaba convulsamente, afirmó con soberbia:

"—Las perlas traen lágrimas, querida.

"Agđa hizo ademán de abalanzarse sobre ella, pero los centinelas la sujetaron con el fin de protegerla.

"—Sé que mi marido te obsequió las perlas que ahora llevo, las cuales siempre me pertenecieron por derecho, al igual que él. Tomaste dos cosas que no eran tuyas, Agđa, y yo no he hecho más que recuperarlas. Por más que los presentes me juzguen, sé que hice justicia.

"—¡La vida del rey jamás fue tuya, Jūratė! —gritó Agđa, enardecida—. ¡Era solo suya y tú se la arrebataste! En cuanto a las perlas, quédate con ellas. ¡Jamás las quise! Siempre supe que no debía aceptarlas. Son de Poseidón quien, según dicen los habitantes de Hellás, es el dios de todos los mares. Nunca debí tomar lo que le pertenece a un dios... Además, como todos sabemos, lo que es del mar debe volver a él. Lo único que deseé fue el amor del rey, y este sí que fue mío. ¡Continuaría siéndolo de no haber sido por ti! —lloró—. ¡Yo te maldigo ahora y por siempre, reina! Nunca has sido amada por nadie y no lo serás mientras vivas, ni tampoco cuando la historia se transmita y las generaciones futuras sepan quién fuiste. Tus descendientes, de llegar a nacer, te aborrecerán. Preferirán ser animales a asemejarse a su madre, pues diste muerte a su padre. Por tu codicia, jamás experimentarás alegría ni recibirás misericordia de nadie ya que, aunque la vitalidad de la juventud aún anime tus miembros, tus entrañas están putrefactas y lo estarán mientras existas. ¡Eres mitad mujer y mitad bestia, Jūratė! Mi dolor te condena a que quien te conozca no se deje engañar por tu apariencia sino que advierta la aberración que eres con solo verte o escucharte.

"En este punto, Agđa a duras penas si podía respirar a causa de la exaltación y, tambaleándose por el malestar que experimentaba al estar descalza sobre el nevado suelo de ámbar, agregó bañada en lágrimas:

"—Deseo que experimentes a lo largo de tu vida lo que siento ahora: que el aire que respiras te hiera y no puedas caminar apoyándote en el suelo. ¡Que la sangre de tus amantes caiga sobre ti y no sientas la calidez de su aliento! Cuánto quiero que todo esto sea tu castigo, Jūratė. Puede que continúes siendo una reina pero estarás maldita mientras existas.

"Aun si las palabras de Agđa eran el resultado de la inconmensurable devastación que experimentaba, estas tenían, por lo mismo, un poder intrínseco ilimitado y todos los presentes lo sabían. Por ello, habían enmudecido y aguardaban una respuesta de Jūratė. Esta, por su parte, aún exhibía la misma expresión de pasmo que les había enseñado al enfrentarlos, pero ello no impidió que, aclarándose la garganta, se pronunciase, dirigiéndose a los hermanos del monarca:

"—No podéis matarme aún; llevo en mi vientre la simiente del hermano a quien tanto amasteis. Aun así, sé que me encerraréis hasta que nazcan mis hijos, los cuales estoy segura son gemelos porque así lo soñé, y me los arrebataréis para que los críe mi rival. Ella me robará su afecto tal y como lo hizo con el de mi marido, y vosotros me ejecutaréis para satisfacer las normas que nos rigen. No... Esto no lo permitiré. Prefiero hundirme con mi descendencia en el océano a saberla criada por una madre impostora o a morir por mano enemiga. La venganza es un placer que, en este caso, he decidido reservar para mí misma. Porque, os guste o no, aún tengo voluntad. Así como Agđa me maldijo, yo maldigo a Baltia y juro que, por vuestra incomprensión para con las afrentas que he padecido, mi espíritu atormentará a vuestros descendientes.

"No bien hubo dicho esto y antes de que alguien tuviese la oportunidad de intervenir, se arrojó al océano para que la engullese en su totalidad. Los presentes dejaron escapar una exclamación colectiva y retrocedieron por instinto justo antes de que el mar rugiese con tal fuerza que creyeron oír una voz proveniente del mismo, la cual decía:

"*Lo que es del mar ha retornado a él.*

Cuando Gerth finalizó su relato, Casandra ya había recobrado el aplomo. Había escuchado atentamente la historia de Jūratė, pero pidió a su abuela que le explicase algunos puntos que no había logrado interpretar con exactitud a causa de la dificultad del lenguaje.

—Haré lo que sea necesario para salvar a Reijo —dijo con tono firme cuando lo tuvo todo claro.

El señor Mertens la escudriñó y, tras dejar escapar un hondo suspiro, replicó:

—Según uno de los documentos que he guardado desde la infancia, hay un modo. Sin embargo, muero de miedo siquiera de decirlo.

—Se lo suplico, señor Mertens —insistió Casandra—. Amo a Reijo como a mí misma. Si no intento todo cuanto esté en mis manos, no podré perdonármelo jamás.

El hombre miró a la abuela como pidiendo permiso para proceder y, solo después de que esta asintió, dijo:

—Si quieres salvar a Reijo, deberás ir por él al fondo del mar.

Casandra lo miró de hito en hito. Tan imposible como sonaba, deseaba escuchar lo que el marinero tenía por decir.

—Les advierto que debido a cosas como esta he sido tildado de orate por parte de los habitantes de la región, entre ellos el mismo Reijo —subrayó el señor Mertens—. Les suplico tengan en cuenta que lo que están por escuchar no es invención mía sino que, según me fue garantizado, fue formulado por una poderosa sacerdotisa griega, y aunque pagué una buena suma de dinero por la traducción del manuscrito, ignoro por completo si lo que en él dice es cierto o efectivo.

Entonces Casandra recordó la transcripción que Reijo había mencionado la tarde anterior e instó al señor Mertens a hablar, prefiriendo no revelar su conocimiento parcial del asunto, al menos hasta estar mejor informada al respecto.

—Se trata de un hechizo para transformarse en sirena —dijo el señor Mertens en un susurro, como temiendo que Jūratė pudiese escucharlo.

—¡Transformarse en sirena! —carraspeó Marion—. ¡Vaya locura! —Y dándose cuenta de que podía haber ofendido a su interlocutor, se corrigió—: Pero nunca se sabe, ¿verdad? Es posible que algunos hechizos den resultado.

—Así es —afirmó Mertens—. Le entregué una transcripción del mismo a Reijo unos días después de que encontró las perlas pero él, tras echarle una breve ojeada, se limitó a guardarla en su bolsillo esbozando una sonrisa cortés. De acuerdo con varias leyendas, las cuales también compartí con Reijo de modo apresurado en aquella ocasión, solo otra sirena puede dar muerte a la reina del mar. Ignoro por qué ese muchacho terco prefirió hacer caso omiso de tan importante información.

—¡Matar a Jūratė! —exclamó Casandra—. ¡No sería capaz de aproximarme a ella!

—Por supuesto, muchacha. Eso lo sé —dijo Gerth—. Solo expongo lo que he estudiado. Créame, estoy convencido de que lo más sensato en estas circunstancias es la resignación. Sin embargo, las instrucciones de la sacerdotisa, quien al parecer poseía el don de la clarividencia y, ora anticipó la transformación de Jūratė, ora vino a conocer su existencia por medio de una revelación de la deidad a quien servía, es decir, Poseidón, parecen confirmar lo que acabo de contarles.

—Oh, por Dios... —balbuceó la chica—. Cuéntenos el resto de todos modos, señor Mertens, por favor.

—El hechizo solo puede ser realizado por una mujer que esté sinceramente enamorada del elegido de Jūratė, de lo contrario no surtirá ningún efecto. Aquella que se transforme en sirena será guiada por la magia a la cueva de Jūratė bajo el mar. Cuando haya verificado que esta duerme, debe apoderarse de la daga con la cual dio muerte al rey y...

—¿Sí? —pidieron sus interlocutoras al unísono.

—Habrá de separar con el arma su mitad humana de aquella que tiene apariencia de pez —tosió Mertens, quien no quería herir la sensibilidad de sus acompañantes—. Pero eso no es todo. Una vez el tronco haya sido desligado de la cola, los hijos siameses de la reina, los cuales han permanecido dormidos durante siglos, despertarán y se transformarán en una bestia aún más poderosa que su propia madre. Para aquietar a esta nueva monstruosidad enemiga, su rival introducirá en cada una de sus bocas una de las lágrimas azules de Jūratė. Esto hará que se rompa la antigua maldición.

"Evidentemente, es imposible que una muchacha delicada e impresionable como Casandra lleve a cabo semejante proeza. Aun así, si quisiera salvar a Reijo, tendría que hacer todo esto antes de que Jūratė consume su boda con él pues, pasado ese momento, lo devorará como a sus anteriores maridos —concluyó, alzándose de hombros.

—¿Dónde supone usted se encuentra Reijo en estos momentos, señor Mertens? —inquirió Casandra con un hilo de voz. Deseaba creer que el chico aún vivía por inverosímil que tal posibilidad pareciese tras lo atestiguado aquella noche.

—En el fondo del mar, claro está —replicó él, como si fuese lo más natural.

—¿Por qué dijo estar convencido de que vivía, entonces? —gimió la muchacha.

—¡Ah! Ese pequeño detalle. —Rio por lo bajo su interlocutor—. Dice la leyenda que el varón marcado por Jūratė con la daga homicida puede vivir bajo el agua sin perecer. Su respiración se torna igual a la de la reina quien, como algunos especímenes de la fauna marina, se halla más cómoda en el fondo del océano, pudiendo asomarse a la superficie sin inconvenientes.

Al escuchar a Mertens, la esperanza revivió en el corazón de Casandra. Aunque lo que el hombre decía era extraño, también lo era la totalidad de la situación, y sabía que no tenía más alternativa que aceptar las explicaciones que el marinero le ofrecía.

—Disculpe, señor Mertens... —dijo Marion—. Si sabe que mi Casandra sería incapaz de llevar a cabo la hazaña submarina que acaba de describir, ¿por qué insinuó cuando recién llegamos aquí que podríamos hacer algo al respecto de la situación de Reijo? ¿Tenemos acaso alguna alternativa?

—Podríamos intentar apresar a Jūratė antes de que ella y Reijo consumen sus esponsales, justo cuando se hayan sumergido de nuevo tras su prometido ascenso a la superficie dentro de tres noches —dijo él—. Se creería que es menos complicado que descender al fondo del océano pero, puesto que es bien sabido que atrapar a una sirena en la superficie es imposible, tendríamos que zambullirnos en el mar gélido tal y como lo hizo Sven con el fin de dar alcance al monstruo bajo el agua. Desprovistos de poderes mágicos como lo estamos, es bastante seguro que moriríamos en el intento: usted y yo no somos jóvenes ya, mi estimada señora, y sospecho que esta muchacha frágil no soportaría tan siquiera la baja temperatura del agua por más que el amor arda como una hoguera en su corazón.

—Estoy dispuesta a intentarlo —dijo Casandra, aunque se sentía desfallecer de terror.

—¡Y yo estoy dispuesta a morir para impedírtelo, de ser necesario! —replicó Marion—. Sobre mi cadáver, Casandra. Lo digo en serio.

—¿Qué hay de convencer a un grupo de nadadores expertos? —inquirió la muchacha.

—Ya vio cómo el pueblo fue seducido por la sirena, Casandra —replicó Mertens—. Si no lo moviese la conveniencia, la intimidación tampoco le permitiría actuar. Podríamos intentar hallar algún personaje que no tenga nada que perder. Un cazafortunas.

—¿Conoce usted a alguien así? —inquirió Marion.

—Hay un par de hombres recios que quizá estén dispuestos a arriesgarse a cambio de una suma considerable. Iré a verlos en cuanto despunte el alba. Ahora debo marcharme. Regresaré en cuanto hable con ellos.

Así lo acordaron y se despidieron pero en cuanto verificó que su abuela dormía, Casandra se apresuró a hacerse con el Atlas que había empacado con sus propias manos aquella semana: sabía exactamente dónde estaba.

Los faroles aún alumbraban las calles escarchadas cuando Casandra arribó a la tumba del capitán. Puesto que el mes de diciembre había avanzado, los rayos del amanecer se tardaban en alcanzar la costa en el Norte y los habitantes de la ciudad todavía dormían en perfecta oscuridad.

La muchacha había llevado consigo un cesto con implementos, las instrucciones que necesitaba para llevar a cabo su cometido y una linterna con la cual iluminar la porción del terreno helado que excavó con las manos desnudas. Sabía que Marion jamás habría consentido en ello y lamentaba no contar con su aprobación, pero sentía que no tenía alternativa. Por ello, le había dejado una carta explicando lo que pensaba hacer. Abrió la caja que había exhumado con el fin de verificar que su contenido estuviese intacto y tembló. Sin embargo, no dio rienda suelta a su temor sino que se dijo que honraría su decisión, y continuó su camino.

Con la perla nuevamente en su poder, se dirigió a la playa y allí dispuso los utensilios del ritual: una gran concha blanca, una vela, una navaja que otrora había pertenecido al capitán y un pescado que halló en la cocina de la casa de su abuela. Siguiendo las instrucciones precisas de la sacerdotisa, las cuales había encontrado sin inconveniente dentro del Atlas, Casandra llenó la concha de agua de mar, partió con la navaja el pescado en dos y depositó tan solo la mitad inferior dentro de la concha para que la cola del animal quedase sumergida en el agua salada. Después de esto, encendió la vela y la posicionó de tal forma que su rostro se reflejase en el líquido, el cual había adquirido un matiz rojizo a causa de la sangre fresca del pescado. Sostuvo la lágrima de Jūratė en la palma de su mano y leyó con nerviosismo el conjuro:

¡Oh, Poseidón, dios de todos los mares!

¡Tú que atiendes las súplicas de quienes lloran, escúchame también a mí, pues amo sinceramente y el dolor ha destrozado mi corazón!

Permite que la fría lágrima de la reina confiera magia temporal a este bebedizo para que el ser humano cuyo rostro se refleja ahora en tu elemento sagrado se transforme en sirena por espacio de tres días con sus noches.

¡Que sus extremidades inferiores sean como la cola de un pez! ¡Que pueda respirar bajo el agua! ¡Que sus ojos escruten la negrura de las aguas profundas sin dificultad!

¡Este ser humano te ofrendará su nombre y se encomendará a ti para que le brindes protección en su intento de restaurar el equilibrio entre nuestros mundos!

Casandra depositó la perla azul dentro de la concha, la cual elevó con ambas manos hacia el horizonte. Acto seguido, se sacó las botas y sumergió los pies desnudos en el agua. Entonces, gritó con todas sus fuerzas, sintiendo el espantoso dolor que le provocaba el contacto con el frío elemento:

—¡Soy Casandra y te ofrendo mi nombre, oh, Poseidón, dios de todos los mares!

En ese momento, el líquido contenido en la concha despidió un brillo azul tan intenso que deslumbró a la muchacha. En cuanto pudo ver de nuevo, notó con gran sorpresa que la cola del pescado se había desintegrado por completo. Llevó la concha a sus labios y consumió el líquido mágico, apoderándose al final de la perla que reposaba en la base calcárea y aferrándola en su puño. Segundos después, se encontró resbalando sobre las suaves olas que acariciaban la orilla: sus piernas habían sido reemplazadas por una larga cola de pez de color azul cobalto y sus vestidos habían desaparecido. Apoyándose sobre las manos, se dio la vuelta para despedirse de la costa con la mirada: el aire hería sus pulmones y sentía que debía adentrarse por completo en el océano cuyo oleaje la llamaba por su nombre.

La perla guiaba a Casandra, impulsándola a través del agua salada en sentido opuesto a la luz solar que empezaba a filtrarse a través de la superficie, iluminando su camino con un precioso resplandor que permitía advertir los cardúmenes de peces que se desplazaban de un lado a otro, como danzando con la corriente, en busca de alimento. La cola de la chica se movía por sí sola con gráciles oscilaciones y ahora sus pulmones inhalaban, agradecidos, el líquido que la rodeaba, lo cual facilitaba su descenso. A pesar de haber temido tanto al océano, Casandra descubrió con gran sorpresa que se hallaba a gusto inmersa en la húmeda oscuridad. No sentía frío ni ansiedad, sino una gran libertad de espíritu que no había experimentado jamás mientras caminaba sobre la tierra. Aunque la idea de toparse con un gran depredador la inquietaba un poco, se precipitaba con tal velocidad hacia el fondo del mar que parecía imposible que uno de estos pudiese darle alcance si hubiese deseado convertirla en su presa. Sin embargo, tras su transformación en sirena, era precisamente el riesgo lo que poco a poco la llenaba de una especie de dicha de existir. Su determinación de salvar a Reijo había causado que traspasara en un fugaz instante, casi sin pensarlo, la fina membrana que la separaba de la realización de todos sus miedos, y ahora que los encaraba caía en la cuenta de que estos no habían cambiado en lo absoluto. Jūratė seguía siendo el mismo monstruo y ella jamás terminaría de descubrir lo desconocido, pero era mejor estar allí, en aquel océano que sin la perla sería inescrutable, haciendo algo al respecto de su devenir, que a salvo y llorando por anticipado una infinidad de amargas posibilidades. Por sobre todo lo demás, tenía un propósito, y su deseo de llevarlo a cabo la enceguecía al respecto de su propia fragilidad.

No supo cuánto tiempo había pasado cuando notó que el agua que inhalaba contenía sangre fresca. Su sabor y aroma la llevaron a pensar de inmediato en Reijo, y supo que había llegado a las inmediaciones de la morada de Jūratė pues, aunque la perla aún brillaba, ya no iluminaba el agua a su alrededor y había cesado de impulsarla. Casandra se halló flotando sobre una gran caverna recubierta de ámbar y adivinó que se trataba del abismo secreto de aquel mar. Entonces, al tanto que sus ojos se adaptaban a la oscuridad, un rumor de voces alcanzó sus oídos. Parecía que hubiese una fiesta allá abajo, por lo cual decidió nadar con sigilo hacia el lugar de donde el ruido provenía, rebordeando la estructura ambarina.

Al acercarse, discernió varias figuras de forma similar a la suya que emitían una diáfana luz propia, y se dijo entonces que debían ser las acompañantes de Jūratė, a las cuales esta había mencionado durante su visita a la superficie. Oculta en la sombra y agradeciendo que su piel no brillase como la de dichas sirenas, dio un par de coletazos hacia la entrada de la caverna y se detuvo a observar la extraña escena que se desarrollaba ante sus ojos.

Las mujeres-pez giraban en torno a un punto focal, despidiendo chillidos que Casandra interpretó como expresiones de algarabía. De repente, una de ellas exclamó:

—¡Viva la reina Jūratė!

—¡Viva! —corearon las otras sin cesar de desplazarse en círculos.

Casandra se dio cuenta entonces de que podía comprender lo que decían gracias a su transformación, pues esta no era su lengua natal ni ninguna otra que hubiese escuchado con anterioridad, y concluyó que debía ser el lenguaje de las sirenas.

De repente, estas se detuvieron y, dejándose caer lánguidamente una a una sobre la arena del fondo, dejaron al descubierto un gran trono de conchas abiertas de color azul pálido en el cual se hallaban sentados Jūratė y Reijo. Temerosa de que la reina la viese, Casandra retrocedió y se agazapó tras un sólido montículo de arena para observar sin ponerse en evidencia.

Jūratė se había acomodado sobre el regazo de Reijo, cuyas extremidades enseñaban mordeduras frescas y cuyo rostro, sin embargo, era el de la apatía personificada. La sirena tenía una expresión triunfal: sus enormes ojos verdes refulgían de gozo y su ancha sonrisa ensangrentada ya no ocultaba los largos dientes de hileras dobles. Era indudable que, a pesar de su promesa, ya había empezado a alimentarse de Reijo. Casandra notó que, aunque el muchacho lucía algo ausente, rodeaba el torso de Jūratė con sus brazos heridos, reteniéndola en un firme estrujón. Confundida, se esforzó en estudiar aquella sórdida representación con mayor cuidado, y solo a la sazón discernió las suturas que rebordeaban las cinturas de las sirenas que acompañaban a Jūratė y Reijo así como la apariencia cianótica de sus partes humanas. Sus ojos, desprovistos de toda pigmentación, jamás parpadeaban, y sus bocas permanecían abiertas, dejando entrar y salir gran variedad de bichos de mar. La chica conjeturó con horror que eran cadáveres humanos cuyos torsos segmentados habían sido cosidos a colas de grandes peces y, ahogando un grito, cerró los ojos con fuerza durante unos segundos. De modo inexplicable, todo indicaba que estos seres habían cobrado vida por segunda vez, constituyéndose en la corte de Jūratė.

Cuando se atrevió a mirar de nuevo, Casandra advirtió que, al mover la reina sus manos de determinada forma, las sirenas obedecían el movimiento, imitándolo como si una fuerza superior las dominase. Podría haberse dicho que la reina hacía las veces de titiritero con aquellas marionetas muertas. Un espasmo de repulsión recorrió a Casandra de arriba abajo y habría vomitado si Jūratė no hubiese interrumpido aquel silencio marítimo dirigiéndose a Reijo en la lengua de las sirenas:

—¿Te diviertes, querido?

—Oh, sí, mi reina. Muchísimo —replicó él en el mismo lenguaje.

—¿Ves cómo no hay por qué buscar distracciones más allá del trono, donde puedes tenerlo todo en compañía de tu mujer? Todos nos aman.

—Así es. Soy muy feliz —declaró él, sonriendo con la mirada perdida en el turbio horizonte acuoso.

—¿Admiráis a vuestro futuro rey, cortesanas? —preguntó Jūratė, dirigiéndose a los cadáveres.

—¡Lo admiramos profundamente! ¡Es un hombre generoso y valiente, dispuesto a sacrificar su bienestar por el de su pueblo! ¡Qué grande es Reijo! —vociferó la misma reina, logrando que su laringe despidiese el sonido de varias voces.

Casandra comprendió en ese instante que la reina no solo hacía que sus acompañantes se desplazasen según su deseo sino que también hablaba por ellas, y quiso retornar de inmediato a la superficie so pena de sufrir un destino similar. Sin embargo, el hecho de que Reijo se mostrase tan satisfecho la retuvo allí. ¿Cómo podía no darse cuenta de lo que ocurría? El muchacho sonreía complacido mientras Jūratė cubría de besos sus mejillas y labios, como si realmente le perteneciera. Parecía haber caído en una especie de embrujo que le impedía percibir la realidad de sus circunstancias.

—Estoy orgullosa de ti —decía una y otra vez la reina a Reijo, cuyo pecho se henchía ante la adulación.

—Haces que sienta que soy importante —murmuró él.

—Lo eres, querido mío. No hay nadie en la tierra ni bajo el mar que sea más importante que tú. Por eso, una vez te conviertas en rey, te compartiré todos mis poderes y tesoros.

—Ya que hablas de tesoros, señora mía… ¿sabes qué fue de aquel collar de perlas que una vez adornó el templo de Poseidón?

Estupefacta, Casandra aguzó el oído. ¿Cómo sabía Reijo de la existencia de la mítica alhaja? ¿Y por qué había un dejo de malicia en la mirada de su amado?

—Vaya, vaya, Reijo… —replicó Jūratė, dando un par de golpecitos en la punta de la nariz del muchacho con su dedo índice—. Sabes demasiado para tu propia conveniencia. Te prohíbo que vuelvas a mencionarlo.

—Es solo que, si no lo tienes, me gustaría empezar a buscarlo para obsequiártelo como regalo de bodas. Si voy a ser el rey del mar, es menester que mi reina luzca la más bella joya que haya surgido de las profundidades.

Casandra se preguntó si Reijo estaría trazando un plan para dilatar la boda y procuró tranquilizarse, pero su corazón latía con tanta fuerza que temió que la reina pudiese escucharlo.

—Ay, futuro esposo mío… qué galante eres —musitó Jūratė, quien a pesar de su sonrisa lucía enfurecida—. Si mi primer marido hubiese sido de la misma opinión que tú, una gran tragedia se habría evitado.

—Perdona que insista, mi reina, pero la leyenda me inspira gran curiosidad. Sé que fuiste afrentada y no deseo nada más que resarcirte. —Y, mirando a Jūratė a los ojos, dijo sonriendo—: estoy enamorado de ti.

Y, a pesar del asombro de la sirena, que no era inferior al de Casandra, prosiguió:

—Siempre te amé, reina del mar. Desde que me marcaste aquella noche he anhelado fervientemente ser tu esposo y mi amor por ti no ha hecho más que crecer con el paso de los días.

—¡Cómo! ¿Recuerdas? —inquirió la sirena, abriendo los ojos de par en par.

—Por supuesto que sí. Recuerdo que te asomaste a mi barca y me dijiste que algún día me harías tuyo. Otro chico se habría asustado, ilustre Jūratė, pero yo permanecí fascinado observando tu piel de nácar y te ofrecí mi brazo para que hicieses en él la incisión. Luego me arrastraste al mar y, tras descender algunos metros, me besaste como ninguna chica humana podría besar a un hombre.

"En ese instante supe que me habías dado un espléndido regalo al marcarme, pues por más que inhalase agua salada mientras disfrutaba del sabor de tus labios, descubrí que podía respirar con plena comodidad bajo el mar, tal y como si estuviese en la superficie. Mucho tuve que esforzarme para no contar a nadie acerca de mi habilidad especial, pues habría podido convertirme en el héroe de la comunidad realizando proezas extraordinarias, pero la idea de estar contigo me proporcionaba la prudencia necesaria para no revelar nuestro secreto. Has sido mi razón de vivir desde aquella mágica noche.

—¿Y qué hay de la chiquilla rubia a quien enviaste mi lágrima? Sé que la besaste en el faro, Reijo, no oses mentirme.

—Bien, reina mía, confieso que temí que no cumplieras tu promesa de regresar por mí y quise abrirme a la posibilidad de tener una esposa humana en caso de que cambiaras de opinión. Casandra es una chica demasiado bondadosa para su propia conveniencia. Me encuentra guapo y me admira. Creo que habría hecho cualquier cosa por mí, y siempre es bueno tener una segunda opción. Pero, según pudiste comprobarlo tú misma, no tuve el menor inconveniente en despedirme de ella para siempre cuando resurgiste. Si bien me sentí halagado al verla llorar de ese modo por mí, tuve que dominarme para que no viese cuán feliz soy en realidad. —Rio por lo bajo—. Lo cierto es que ninguna mujer que habite sobre la tierra podría ofrecerme lo que tú.

Aunque Casandra sintió que su corazón volvía a romperse, no podía darse el lujo de detenerse a llorar o a meditar al respecto de lo que acababa de oír, pues la conversación proseguía.

—Lo sé —dijo Jūratė, sonriendo de modo enigmático—. Por ello te elegí: conozco los corazones de los hombres. Jamás imaginé, aun así, que llegarías a amarme. La gente me teme.

—Yo no —respondió Reijo, sujetando uno de los largos mechones de cabello de Jūratė que flotaban en torno al trono, y enroscándolo entre sus dedos—. Soy como tú.

—¿Eso crees? —inquirió ella, arqueando una ceja con sutileza y contrayendo los labios—. ¿En qué aspecto?

—Tengo dotes para gobernar. Siempre lo he sabido. La gente confía en mí y me estima por el modo en que me he esmerado en realizar mi oficio. No sería extraño que, a partir de nuestra boda, los habitantes de estas costas empezasen a amarte tanto como a mí.

—¡Bah! ¿Quién quiere ser amado cuando tiene tanto poder y riqueza?

—Quizá tengas razón —dijo él, con aire meditabundo—. Y, hablando de riqueza... ¿dónde puede estar el collar de perlas que dio inicio a esta conversación?

—Lo perdí al caer del desfiladero —dijo ella con voz trémula de ira—. No quiero que me lo recuerdes de nuevo. ¿Entendido?

—Sí, majestad —rezongó él.

—Muy bien. Es tiempo de que me prepare para nuestra boda. Tardaré algunas horas en acicalarme como es debido: después de todo, es algo que solo ocurre cada tres siglos. Puedes dedicarte a hurgar en los baúles del último naufragio que hallé, si es que quieres distraerte entre tanto —dijo, señalando hacia un punto indistinto a su derecha—. También hay cuantiosos atuendos dignos de un rey en los cofres que están junto al lecho dentro de la caverna. Procura lucir apuesto —añadió, y acto seguido se alejó nadando en dirección opuesta.

Los cadáveres de las cortesanas terminaron de desplomarse en la arena en cuanto la reina se perdió de vista. En vez de incorporarse del trono, Reijo se quedó acariciando las conchas que lo recubrían con aire distraído. Su sonrisa había desaparecido y ahora se lo veía melancólico, casi triste. Tras haberlo escuchado hablar de ese modo, lo único que Casandra deseaba era marcharse de aquel lugar inhóspito y, aun así, la idea de que el muchacho le hubiese mentido a la reina con el fin de preservar su vida le impedía retornar tranquilamente a la superficie solo para vivir preguntándose si habría cometido un terrible error. ¿Qué hacer?

—Ay, pobre de mí —murmuró Reijo mirando hacia la superficie—. ¡Si tan solo alguien pudiese salvarme! ¡Ay!

A la muchacha le pareció que aquella era la confirmación que necesitaba para quedarse, por lo que salió de su escondite y nadó con prisa hacia Reijo quien, al ver la cola de pez, tembló visiblemente. Segundos después, aun así, se puso de pie como pudo y la estrechó entre sus brazos, lamentándose.

—¡Amada mía! —susurró Reijo en el oído de la muchacha—. ¿Cómo es posible que estés aquí? ¿Cómo te has transformado en sirena?

Casandra explicó en detalle el ritual que había llevado a cabo mientras que Reijo la escuchaba con ojos entornados y una dulce sonrisa.

—¡Eres mi heroína, Casandra! ¡No puedo creer que hayas hecho esto por mí! ¿Cómo podré agradecerte jamás? —Y, suspirando, agregó, enseñándole sus heridas—: ¡Mira nada más lo que me ha hecho Jūratė!

—Debes regresar a la superficie conmigo de inmediato —le dijo ella, sollozando—. Podré sacarte de aquí muy pronto, con esta nueva forma soy muy veloz.

—Oh, no, eso es imposible —sentenció él con una mueca de amargura—. Conoces las amenazas de la sirena maldita. ¡Arrasará con todo lo que amo!

—¡No es así, Reijo! —replicó ella—. No tiene tanto poder como dice.

—Eso no lo sabemos. Pero aunque no lo tuviera, no puedo decepcionar a mis padres y cuantos me quieren bien. ¡No estoy aquí por mi propia voluntad como Jūratė quiere haceros creer a todos, Casandra! ¡Mira lo que ha hecho con los huesos de sus anteriores maridos! —gimió, apuntando hacia la entrada de la caverna para que la muchacha observase lo que parecía ser más un enorme lecho labrado a partir de yeso que la unificación de los restos calcáreos de varios hombres—: ¿Piensas que quiero correr con la misma suerte que ellos?

Horrorizada, la chica negó con la cabeza sin apartar la vista de aquella espeluznante estructura compuesta de fémures, costillas, calaveras, vértebras y demás partes de numerosas osamentas humanas.

—La única forma de evitar que sea así es que vengas conmigo. ¡Todos entenderían de sobra tu retorno a la superficie,

Reijo! ¡Les guste o no, tendrían que aceptarlo! No es tu responsabilidad velar por...

—Debo casarme con ella, mi adorada amiga —la interrumpió él con voz quebrantada, clavando la vista en la arena bajo sus pies—. Créeme, desearía que todo fuese distinto. Sin embargo, el destino quiso que me eligiese como esposo, y ahora sé por qué: solo así podré ascender con ella a la superficie como rey para satisfacer los deseos de quienes me conocen... y luego tú la matarás. ¡Dime que trajiste la otra perla contigo!

—En efecto, la traje —balbuceó ella, anonadada—. ¡Pero no podría matar a nadie! ¿Y sabes tú acaso cómo acabar con Jūratė para siempre?

Él asintió.

—Me hice con esto mientras que ella tomaba una siesta —dijo, extrayendo de su bota una daga de apariencia antigua—. Es el arma con la que mató a su primer esposo y con la cual posteriormente me marcó. ¡Me la enseñó con tanto orgullo, Casandra! Fue un momento espantoso que no creo poder borrar de mis recuerdos. Guárdala hasta que llegue el momento propicio.

Temblando, Casandra abrió sus dedos y recibió la daga de manos de Reijo, aunque se sentía incapaz de acercarse a Jūratė y no concebía la idea de hacerle daño por malvada que fuese.

—Enterraremos las dos lágrimas aquí mismo —sugirió el muchacho, señalando una porción de arena adyacente al trono—. De tal modo, las hallaremos con facilidad para proceder a meterlas en las bocas de los siameses durmientes que conforman la cola de Jūratė una vez tú la hayas separado de su torso.

A regañadientes, Casandra dio la otra lágrima al chico, quien procedió a ocultarla bajo la arena junto a la que él aún tenía en su poder. A pesar del gran amor que sentía por él, su sangre fría la asustaba, y no cesaba de repetirse que debían retornar a la tierra aprovechando aquel momento de soledad en vez de quedarse a medir sus fuerzas con la reina del mar.

—Escucha —dijo él—. Cuando hayas acabado con el monstruo regresaremos juntos a la superficie. Solo tú iluminas el negro océano de mi vida, Casandra. —Y sonriendo añadió, mirándola a los ojos—: Estoy enamorado de ti. Sabes cuánto he anhelado estar contigo desde que vi tu fotografía... Oh, amada mía, desde que besé tus labios, mi amor por ti no ha cesado de aumentar.

—¡También yo te amo, Reijo! —dijo la chica, aferrándose a él—. ¡No podemos quedarnos aquí, es demasiado peligroso!

—¡Di mi palabra ante todos, Casandra! —respondió entonces, exasperado—. ¿Es que no lo entiendes? Si me voy contigo ahora, no podremos tener una vida tranquila. Me atribuirán cada percance que ocurra en la costa, me culparán por cada naufragio y por las épocas de escasez. ¡Perderé el respaldo de todos los que me conocen! En vez de un héroe, seré un fracaso para ellos. ¡Me verán como a un villano!

—Reijo... —musitó Casandra, angustiada. No quería enfadar más al muchacho pero tenía mucho que comprender aún—. ¿Cómo es que ya sabías tanto acerca de Jūratė y no me lo habías dicho?

—Yo no... no quería atemorizarte sin necesidad —replicó él, suspirando—. Lo siento. He debido ser más claro contigo, pero no soportaba la idea de verte sufrir.

—Oh, Reijo, todo esto es tan extraño y aterrador... Llegué a pensar que quizá no me amabas, que no confiabas en mí, e incluso que... de hecho querías casarte con Jūratė —confesó, con un hilo de voz—. ¿Estabas al tanto de que podías respirar bajo el agua todos estos años?

Reijo palideció y, aclarándose la garganta, dijo:

—¡Jamás he deseado casarme con Jūratė! Sí, supe que estaba marcado cuando descubrí que podía sobrevivir en el mar como un pez, lo admito, pero creí que la reina no podría reclamarme al estar separadas las perlas. Vuestra idea de enterrar una de las dos en el cementerio fue simplemente brillante, aunque al final no haya impedido que Jūratė me trajese aquí.

—¿Fue por esto que me la enviaste?

Tras una breve pausa, el chico exclamó, luciendo agraviado:

—¿Cómo puedes pensar algo así? ¡Te la envié porque siempre supe que tú y yo debíamos estar juntos! Somos como perlas gemelas, Casandra. Te amo más que a mi propia vida aunque deba casarme con Jūratė. Puede que ella sea la reina del mar, pero tú eres la emperatriz de mi corazón.

Y, tras decir esto, volvió a cubrirla de besos.

—Me ocultaré bajo el lecho hasta que regreses de la superficie —dijo Casandra cuando Reijo se separó de ella para mirarla—. Tengo que asegurarme de que Jūratė no te devore de repente.

—¡Eso no! —respondió él con ojos abiertos de par en par—. No puedes atestiguar mi boda. No lo consentiré, amada mía. Debes nadar muy lejos y regresar dentro de un lapso de tiempo prudencial. Si lloraste de ese modo cuando acepté venir aquí, ¿imaginas lo que podría ocurrir mientras le prometo lealtad y amor a Jūratė por lo que me queda de vida? La pondrías sobre aviso y entonces sí que estaríamos perdidos.

Casandra sabía que Reijo tenía razón: no estaba segura de poder gobernar sus reacciones en tales circunstancias. Así pues, accedió a alejarse lo bastante como para no verlos ni escucharlos.

—Pase lo que pase, quiero que sepas que nunca te olvidaré y que agradezco todo cuanto has hecho por mí —le dijo Reijo, besándola en los labios—. Te amo con todo mi ser, no solo hasta la muerte sino por toda la eternidad.

Tras reiterarle a su vez amor imperecedero al muchacho, Casandra se alejó entre sollozos. Ya no tenía la guía de la perla, así que temía extraviarse y no volver a encontrar la cueva. Debía tener mucho cuidado de no alterar su trayectoria pues, inmersa en aquella oscuridad, podía estar internándose aún más en el océano o dando vueltas y más vueltas sin saberlo. Sin embargo, por más que hubiese perdido la noción del tiempo en la morada de Jūratė, aún nadaba velozmente y no se sentía en lo absoluto débil o hambrienta. Todo indicaba que no tendría menester de alimentarse mientras estuviese bajo el influjo del hechizo, lo cual agradecía. Aunque su esperanza residía en persuadir a Reijo de huir con ella en cuanto él retornase al abismo secreto tras haberse exhibido como rey del mar con el monstruo, no cesaba de pensar en cuanto había visto y escuchado, y la desazón se apoderaba de ella. ¿Por qué estaba interesado el muchacho en el collar de Poseidón, del cual tampoco le había hablado nunca? ¿Habría, quizá, una alternativa capaz de solucionarlo todo, la cual prefería no compartir con ella para evitar desilusionarla en caso de que fallase?

De repente, una poderosa corriente arrastró a Casandra un centenar de metros hacia el oeste, obligándola a cerrar los ojos y a girar sobre sí misma varias veces. Sobrecogida, supo que había perdido su rumbo y, ora se hallaba demasiado lejos de la superficie, ora aún no salía el sol, por lo cual estaba realmente a merced del océano.

—¿A dónde crees que vas?

Casandra comprendió que había escuchado la voz de la reina del mar y, preparándose para lo peor, aguardó a vislumbrar su rostro en la penumbra.

Los habitantes de la ciudad se habían congregado al ocaso sobre la playa para recibir a Jūratė y Reijo como monarcas del mar. La luna adornaba el firmamento y algunas linternas comenzaban a encenderse sobre la orilla.

Cuando al fin se presentaron ante ellos emergiendo del agua hasta la cintura, Jūratė, quien en esta ocasión lucía una preciosa corona de turquesas y perlas plateadas, sujetaba el torso de Reijo en un firme abrazo. El muchacho vestía finísimas galas que en otro tiempo habían pertenecido a un rico náufrago, y una corona de plata y coral cubría la parte superior de su cabeza. El agua brillaba sobre su rostro como un centenar de diminutas estrellas, resaltando su bella palidez. Sonriendo, agitó el brazo para saludar a sus familiares y conocidos y, al observarlos desde el océano, por primera vez notó cuán reducida era la población de aquel lugar. De algún modo, aquel limitado clamor le pareció insuficiente para su sacrificio y por un instante lamentó su decisión, pero se dijo que, de lograr su cometido, todo habría valido la pena.

Un gran cofre llegó hasta la orilla y quienes estaban más cerca del agua se apresuraron a arrastrarlo a la playa: este era tan pesado que a duras penas si pudieron moverlo las fuerzas de cuatro hombres fornidos. De inmediato, todos los presentes se abalanzaron sobre él, anticipando con entusiasmo la riqueza que hallarían en su interior.

—¡Deteneos! —ordenó Jūratė—. Es un cofre mágico, así que solo podréis abrirlo cuando vuestro rey y yo nos hayamos sumergido de nuevo. Cuando descubráis su contenido, aseguraos de dividirlo con justicia. Todos, incluso los más pequeños, deben recibir una parte y no tomar más de lo que les corresponde. De lo contrario, el dios de todos los mares os castigará por vuestra codicia.

La frustración de Reijo incrementaba mientras veía a unos y otros centrar su atención en el cofre, pues era como si la novedad los hubiese deslumbrado, causando que lo que él había hecho por ellos hacía solo tres noches quedase relegado a un incómodo segundo lugar.

—¿Qué me decís? —les preguntó con ira contenida—. Llega mi hora de partir y no os veré hasta dentro de un año.

—¡Estás guapísimo, hijo! ¡Hacéis una linda pareja! —gritó su madre.

Ver a Reijo establecido como rey hacía que la mujer rubicunda sintiese que había cumplido una importante misión como madre y miembro de la sociedad, atribuyéndose aquel logro que indirectamente la había convertido en la mujer más respetada del puerto. Se felicitó por haberlo presionado en el momento oportuno, así como por haber criado a un hijo obediente, y sonrió pensando que de allí en adelante podría referirse a Jūratė como nuera.

—¡Muéstranos tu poder! —pidió su padre, quien aún miraba el cofre de reojo.

—Reijo solo obtendrá potestad sobre este mar después de que consumemos nuestra unión —sentenció Jūratė, enseñando sus dientes con lo que algunos interpretaron como coquetería.

—¡Disfruta tu noche de bodas, picarón! —hipó un pescador que se había embriagado con motivo de la celebración—. ¡Y envíame buenos peces desde tu nuevo hogar!

Por supuesto, los allí congregados no podían esperar a que la pareja desapareciese para echarle mano al botín, así que, sin siquiera ponerse de acuerdo, cesaron de hablar.

—Bien, supongo que es hora de partir —anunció Jūratė, bostezando—. Recordad mis palabras, pues os he obsequiado lo más importante para la preservación de vuestras vidas. Espero sepáis apreciarlo.

Dicho esto, se hundió con su nuevo marido en las profundidades mientras que algunos aplausos resonaban en la playa.

Jūratė reposaba sobre el lecho nupcial tras consumar sus esponsales con Reijo. Este, al igual que sus anteriores maridos, había fecundado la veintena de huevos de pez que, de forma misteriosa, brotaba de la nada cada trescientos años en el interior de la reina, implantándose en su vientre.

Aun si Jūratė se había mostrado amable e incluso cariñosa con su nuevo marido aquel día, dándole de comer trozos de pescado crudo, suturando sus heridas antes de la boda y haciendo que los cuerpos inanimados que los acompañaban diesen la impresión de adularlo a voces, como nadie nunca lo había hecho, en cuanto el muchacho recitó sus votos se sintió apesadumbrado e inconforme. No hallaba ninguna satisfacción en ser reconocido por las muñecas muertas de su mujer. Había esperado mucho más de sus allegados, por quienes había renunciado a la vida en la tierra, pero ellos parecían no apreciar su sacrificio.

Por si fuera poco, ahora que había cumplido con el que consideraba su deber conyugal, a duras penas si sentía algún cambio en su capacidad de gobernar el mar o a sus criaturas. Cierto, había creído lograr, tras una hora de intensa concentración, que una langosta fuese hacia él, y también le parecía que quizás podía desplazarse a nado con mayor ligereza que antes de la boda, pero definitivamente aún no ejercía ningún dominio sobre el elemento que lo rodeaba: no conseguía crear un remolino por minúsculo que fuera, ni tampoco que las corrientes cambiasen de trayectoria según su voluntad. Además, sus cabellos se estaban pudriendo y cada vez que se tocaba la cabeza, varios mechones se desprendían de su cuero cabelludo. El muchacho comprendía que había sido defraudado por la sirena que dormitaba junto a él, y por ello sentía odiarla.

Si bien en primera instancia había asumido que Jūratė cumpliría de forma instantánea con todas las promesas que le había hecho, cuyos frutos sin duda lo habrían convertido en el hombre más célebre de todas las tierras del Norte, ahora se decía que, si de él dependía desarrollar sus poderes, tal vez ni siquiera podría hacer derroches esporádicos de gracia cuando emergiera a la superficie. De tal modo, cuando los años pasaran, la gente lo olvidaría. Además de ser invisible para sus conocidos por verse obligado a vivir bajo el mar la mayor parte del tiempo, su recuerdo también desaparecería una vez las nuevas generaciones reemplazaran a las presentes, y su existencia pasaría a ser poco menos que un rumor en vez de una gran leyenda. Cierto, quizá nadie pensaría que no había sido un buen muchacho, pero tampoco sería considerado grandioso.

Así pues, Reijo contemplaba a su esposa con desdén. Posicionado contra la cabecera de la cama, se giró lentamente hacia ella y rozó su hombro con el fin de cerciorarse de que no despertase abruptamente. La sirena abrió la boca y emitió una especie de ronquido, tras de lo cual estiró sus extremidades escamadas para seguir descansando con los ojos cerrados.

Con el mayor sigilo, Reijo se inclinó sobre ella y susurró:

—Eres horrible, Jūratė. Me repugnas. Puede que yo no sea el hombre más guapo del mundo, pero tú eres una anciana sirena que, aunque parezca no haber envejecido con el paso de los siglos, tampoco posee ningún atractivo capaz de retenerme. Además, al final no has hecho nada por mí.

El muchacho notó que el abdomen de la reina lucía un poco más curvo que de costumbre y, disgustado, añadió:

—No quiero ni ver la inmunda progenie que, según aseguran mis libros, surgirá de ti como fruto de nuestra unión.

—¡Reijo!

El murmullo de Casandra lo sobresaltó.

—¡Maldición, Casandra! —dijo este, temblando—. ¿Dónde estabas? ¿Por qué tardaste tanto?

Entonces vio el magnífico collar de perlas que la muchacha, aún transformada en sirena, llevaba alrededor del cuello, y sus labios se curvaron en una sonrisa anodina. Este era tan bello y estaba compuesto de perlas tan grandes y perfectas que solo podía tratarse del legendario collar del templo de Poseidón. Casandra empuñaba aún, como lo había anticipado, la daga con la cual Jūratė había asesinado a su primer marido.

—Amor mío —balbuceó el muchacho entonces, suavizando su tono de voz—. ¡Viniste para salvarme!

En ese instante, Jūratė abrió los ojos y una expresión de odio se dibujó en su rostro. Su vientre se había hinchado sobremanera en cuestión de segundos, impidiéndole moverse con agilidad.

—¡Embustero! —exclamó, removiéndose pesadamente sobre los restos de sus maridos anteriores—. ¡Dijiste que me amabas!

—¡Eres un monstruo! —Rio él, alejándose de ella—. ¿Cómo puedes haber pensado siquiera por un instante que eras digna de amor? ¡Nadie sobre la tierra ni bajo el mar podría amarte! Oh, no, odioso engendro de maldición. Mi corazón siempre le ha pertenecido a la bella Casandra.

La sirena dirigió una mirada larga y triste a Casandra quien, a pesar de haber escuchado la declaración de Reijo, tenía un aire sombrío.

—Ya lo ves, niña —dijo Jūratė, cuya panza había crecido tanto que ya parecía a punto de estallar, incorporándose con enorme dificultad para apoyar su espalda contra la parte posterior del lecho—. Este hombre, quien vino conmigo al abismo por su propia voluntad, quien se casó conmigo y juró amarme, quien fecundó mis huevos y acarició mis cabellos para sumirme en un suave arrullo, quien alabó mis atributos esmerándose en convencerme de que soy agradable, quien dijo incluso disfrutar de mis mordiscos esporádicos, ahora se retracta.

"Dice amarte a ti, por supuesto. Siempre hay otra mujer. Una más hermosa, más alegre, más inocente, más grácil. O bien una más experta, más divertida, más misteriosa, más comprensiva. Pero, ¿qué piensas de él, chiquilla? Tú, que en tu infinito idealismo has arriesgado tu vida por rescatarlo, dímelo. ¿Quién es este muchacho a quien entregaste tu corazón a cambio de una de mis lágrimas? ¿No crees que es un cobarde, acaso?

—Oh, no —murmuró Casandra, cuya expresión era inescrutable—. Me parece, más bien, que es en exceso... audaz. Un desvergonzado.

—¡Casandra! —se quejó Reijo, sin dar crédito a sus oídos—. Amada mía, ¿cómo puedes decir algo semejante? ¡Sabes que soy la víctima! No permitas que esta criatura maligna te hechice con sus palabras haciéndote olvidar tu propósito. ¡Ven y mátala o me hará lo mismo que hizo a los varones difuntos que en este momento me sostienen! —Finalizó, refiriéndose a las osamentas que conformaban el lecho.

—No tuviste reparo en hacer que sus huesos crujiesen hace un rato… —objetó Jūratė, frunciendo los labios y pestañeando, aludiendo a la consumación de sus esponsales.

—¡Hice lo que un esposo debe hacer! —Se defendió Reijo furioso—. ¡Me habrías matado si no lo hubiese hecho, y lo sabes!

—Oh, no, querido —replicó la sirena—. Jamás he obligado a un varón a yacer conmigo. Si viniste a mí tras la boda aun si, como dices, te desagrado tanto, es porque querías asegurar los poderes que te prometí.

—No es así, Casandra, te lo juro —dijo Reijo.

—Has de saber, Reijo, que los poderes del rey consorte se desarrollan de modo paulatino conforme yo lo mordisqueo y engullo —afirmó la reina—: no hay gloria sin pena, te lo dije en la superficie, y lo hice antes de que aceptaras casarte conmigo. Al fin, mi esposo termina por ser carne de mi carne y obtiene exactamente el mismo poder que yo, puesto que se convierte en parte de mí. Es una verdadera comunión.

—¡Así que solo muriendo podría tener tanto poder como tú! —concluyó él, iracundo.

—¿No es acaso la muerte el destino certero de todo aquel que se precia de ser un héroe? No sé de qué te quejas, si tú mismo lo quisiste —dijo la sirena con tono socarrón y, a la sazón, empezó a dar a luz a sus nuevos hijos: un extraño pescado surgió a través de la bifurcación de su cola, causando que se contorsionase—. ¡Más hijos muertos! —sollozó, aferrándose a los fémures que le servían de apoyo en la cama—. Los frutos de una unión en la que no existe el amor. ¡Dos corazones vacuos como los nuestros no podían producir nada diferente!

—¡Apresúrate, Casandra! —gritó Reijo—. ¿No lo ves? Debes darle muerte ahora. Así estaremos juntos tú y yo. De lo contrario, jamás podré casarme contigo pues continuaría siendo el esposo de Jūratė.

—¿Pretendes que asesine a una criatura que no puede defenderse? —inquirió Casandra—. ¿Qué clase de héroe eres?

—Sabes que no podrás vencerla cuando estéis en igualdad de condiciones —la espetó él—. ¡El momento de acabar con ella es ahora, mientras da a luz!

—¿Por qué no lo haces tú mismo, si tienes tanta prisa? —preguntó ella.

—¡Porque solo una sirena puede dar muerte a la reina del mar! —gritó el chico, desesperado—. ¿Qué crees? ¡Si no fuese así, yo mismo le habría dado muerte mientras dormía! No tengo ninguna posibilidad de ganar cuando se trata de ella.

—Es cierto que tengo dientes filosos pero soy bastante pequeña. Tú eres un hombre alto y fuerte. ¿Por qué no lo intentas? —dijo Jūratė entre espasmos.

—Dejaré la daga aquí… —anunció Casandra, nadando hasta el lecho y depositando el arma entre Reijo y Jūratė—. Me parece que no debo inmiscuirme en asuntos de marido y mujer.

—¿Qué demonios haces? —exclamó el muchacho.

—Creo que deberías disculparte con Jūratė antes de que sea demasiado tarde.

—¿Disculparme? —inquirió él, atónito—. ¿Has perdido la razón? ¡Ella es la culpable de todas mis desgracias!

—Hazlo, o de lo contrario…

—¿Qué? —preguntó Reijo con tono desafiante.

—Tiraré del collar que llevo puesto hasta que reviente —dijo ella, poniendo su mano sobre la alhaja.

—No te atrevas —dijo él, tragando saliva, sus ojos a punto de salirse de las cuencas que los albergaban.

—¿Por qué no? —inquirió la chica con tono despreocupado—. Sé que debe tener un gran valor y que podríamos vivir con infinidad de lujos si lo vendiésemos allá arriba... pero lo encontré yo y puedo hacer con él lo que me plazca.

Dicho esto, empezó a halar de la hilera superior del collar.

—¡Basta! ¡Detente! —gritó Reijo—. Casandra, luz de mi vida, deja que te explique algo: desconoces tanto el valor como el poder de la joya que encontraste.

—¿De veras? —dijo ella, nadando de un lado a otro ante el lecho nupcial—. ¿Por qué no me cuentas en qué consisten?

—Lo haré, sí, pero antes quiero reiterar que te amo con todo mi ser y que lamento muchísimo haberte hecho pasar tantas penurias. Causarte cualquier tipo de sufrimiento ha dejado un vacío en mi corazón y me avergüenzo de mi comportamiento. Las circunstancias me obligaron pero verás que todo estaba justificado.

—Te escucho —dijo Casandra, flotando en un solo lugar y cruzándose de brazos.

La reina, por su parte, parecía estar demasiado ocupada en el alumbramiento de su progenie como para prestar atención a sus acompañantes.

—Cuando hallé las lágrimas azules y me enteré de las consecuencias que ello podía acarrearme, quise evitar a como diese lugar mi funesto destino —dijo Reijo con visible angustia—. Me enfrasqué en un frenético escrutinio de todos los manuscritos que encontré al respecto y, para mi desdicha, según su contenido, no había forma de eludir mi boda con Jūratė. Sin embargo, uno de ellos hablaba de un mítico collar de perlas, que no puede ser otro que el que llevas puesto. Se dice que quien lo porte en la tierra sufrirá grandes desventuras pero que si alguien lo poseyese bajo el mar tras haber derrotado a Jūratė, tendría todo el poder de Poseidón.

—¡Vaya! —exclamó la chica, paseando las yemas de los dedos sobre la alhaja con suavidad—. ¿Quieres que yo obtenga el poder de todo un dios? No creo ser digna de un honor semejante.

—¡Ah, Casandra, qué graciosa eres! —Rio Reijo—. No me refería a ti, amor mío. Debes darme el collar a mí tras matar a mi esposa. Así el poder de Poseidón me será transferido.

—¡Absolutamente no! ¿Soy tu mercenaria, acaso?

—¿Cómo puedes pensar algo semejante? —inquirió él, luciendo ofendido.

—¡Porque es exactamente lo que estás diciendo! Excepto que no hay ninguna ganancia para mí en tu propuesta.

—Tendrías una vida conmigo.

—¡Ah! Como aquella que me prometiste antes de tu casorio con la reina del mar —dijo ella.

—¡Sí! ¡Serás la consorte de un nuevo dios y emperador del mar! Vamos, Casandra, sé que me amas. No juegues más conmigo. Haz lo que debes hacer para que podamos librarnos del monstruo y ser al fin dichosos.

—No lo creo. Hay un detalle en tu historia que me inquieta. Puesto que, desde que Gerth Mertens te compartió sus conocimientos, has sabido que solamente una sirena puede matar a la reina del mar, y puesto que solo una mujer que ame sinceramente al varón elegido por Jūratė podía realizar el hechizo con efectividad, ello significa que tejiste una estratagema hace mucho para que me enamorase de ti con el fin de apoderarte del collar de Poseidón. Solo por eso me enviaste la lágrima azul.

—Te equivocas, Casandra. Tu amor era solo una vaga ilusión hasta que te conocí, pero tu ayuda era mi única opción, según concluí —dijo él con un dejo de tristeza—. Verás, tú y yo estamos emparentados de un modo extraño a pesar de no tener vínculos consanguíneos. Por esto, esperaba que tuvieras consideración para conmigo al recibir la perla, pues todos solemos ser parciales hacia nuestras familias y recordamos con agradecimiento los presentes obtenidos, más cuando estos son bellos, discretos y particulares, pero en especial cuando quien los otorga lo hace movido por un sentimiento puro como lo es mi amor por ti.

"Anhelaba que tuvieras una grata impresión de mí y luego, según ocurrió, pues nuestro destino es estar juntos, contar con tu comprensión y conmiseración para con mis trágicas circunstancias. ¡Siempre he dependido enteramente de ti, mi ángel! No podía arriesgarme a dar la lágrima a una chica de la región: habría podido conocer la leyenda o, peor aún, tener una idea del valor de la perla y venderla. Tenías que ser tú quien la recibiese y guardase.

"Siempre quise cortejarte con la más legítima intención. Te conocí poco a poco desde la adolescencia a través de todo lo que Marion me contaba de ti y supe que serías una compañera idónea, siempre tan dulce y compasiva. Supliqué a tu abuela que te invitase a visitarla recién enviudó pero, al parecer, tus padres aún te consideraban demasiado joven para realizar la travesía sola.

"Luego, cuando Marion quiso retornar a Francia y me confesó que temía surcar el mar sin compañía, vi la oportunidad perfecta para insistir en que vinieses. La disuadí de realizar una interminable travesía en tren hasta Francia; no negarás que fui sensato. En aquella ocasión, puesto que ya habías crecido un poco más, tus padres al fin accedieron a permitir que viajases a Escandinavia y toda mi esperanza revivió. No solo eso: también comprendí que mi tío había muerto para que tú y yo pudiésemos reunirnos. ¿No lo ves, amada mía? ¡La suerte conspiró a nuestro favor! Al final, el naufragio que costó tanto a mi familia no acaeció en vano. Y lo más importante es que, desde tu arribo a estas tierras, mi amor por ti no ha cesado de aumentar.

Casandra guardó silencio unos instantes, su mirada fija en la de Reijo.

—Supongo que, cuando aceptaste casarte con la reina del mar ante todos, ya estabas seguro de que yo vendría hasta el fondo del mar para rescatarte —dijo al fin en un suspiro.

—Lloraste con tanto dolor por mí que… no tuve ninguna duda de que buscarías las instrucciones de la sacerdotisa —replicó Reijo.

—Las cuales, por cierto, mencionaste convenientemente, así como su ubicación, simulando saber aún menos que yo acerca de Jūratė y haciéndome pensar que creías con toda sinceridad que mis temores eran absurdos.

—Mira, Casandra, lo cierto es que… no podía presionarte a hacer nada que tú no desearas. Sin embargo, si tú no hubieses mencionado el nombre de Jūratė por iniciativa propia cuando te llevé al faro, yo habría tenido que hablarte esa misma tarde de ella, así como de la amenaza que representaba para mí, pues mi vigesimoprimer cumpleaños se aproximaba y el tiempo apremiaba. Había anticipado abordar el tema de un modo sutil tras confesarte mi amor, pero el albur quiso que tu abuela hubiese tenido aquel sueño en que este horrible monstruo le revelaba su nombre, lo cual, a su modo, me facilitó las cosas.

”Si omití tantos detalles acerca de mis circunstancias fue solo porque era imperativo que no actuaras por coerción, sino movida por lo que te indicaba el corazón, para que el dios de todos los mares escuchase tu plegaria. De lo contrario, el hechizo no habría dado resultado. Siempre tuve fe en ti, pues el amor es una fuerza capaz de transformar al ser más frágil en el más intrépido combatiente.

—Es decir que sabías que haría cualquier cosa por ti. Y por ello proseguiste con la boda y la consumación de la misma en vez de partir conmigo cuando llegué aquí. Preferías esperar a que yo matase a tu esposa y hacerte con el collar de Poseidón a regresar con las manos vacías porque consideras que fingir una victoria es mejor que admitir una derrota.

—¡No será una falsa victoria si logramos nuestros objetivos! ¡Al contrario, belleza mía! —dijo él con vehemente optimismo—. ¡Aún podemos tenerlo todo! Es cierto que sabía más de lo que revelé, pero jamás he mentido al respecto de mis sentimientos por ti, los cuales no puedo dominar. No puedo probar que te amo pero debes creerme, Casandra. ¡Te estoy contando toda la verdad ahora!

—¿Dices que no tienes cómo demostrar que me amas? —carraspeó ella, mirando a Reijo por debajo de las cejas al tanto que la sirena maldita daba a luz otro hijo engendrado por él.

—Por desgracia, no —dijo él, quebrándose su voz—. El amor es un sentimiento abstruso, pero debes tener fe en él aunque las circunstancias y el proceder del otro parezcan demostrar lo contrario. ¡Si me amas, creerás en el amor incondicional que te profeso!

—Espera un momento... ¿De modo que si yo no creyese en tu amor por falta de evidencia del mismo, sería culpable de desamor? Tú has tenido manifestaciones palpables de mis sentimientos por ti, por lo cual no puede decirse que hayas tenido fe en ellos. Además, habrías podido demostrar que me amas por medio de actos sencillos pero significativos como, por ejemplo... déjame pensar... hacer caso omiso de las peticiones egoístas de tus allegados, no casarte con alguien más y no permitir que un dolor tan inmenso me tomase por sorpresa, entre otros. ¿Afirmas, aun así, que es mi responsabilidad seguir creyendo ciegamente en tus sentimientos por lo que me resta de vida?

—Quizás no hasta la muerte, pero sí es necesario que lo hagas ahora que atravesamos un momento decisivo. ¡Somos almas gemelas, no lo olvides! Tendré ocasión de demostrarte cuánto te amo en el futuro, pero este no es el tiempo indicado, ¿no lo ves?

—¡El futuro! Claro. Siempre podemos aludir al futuro cuando no deseamos molestarnos en hacer que nuestras acciones sean congruentes con nuestras palabras en el presente. Dices amarme sin condiciones. ¿Me amarás en ese futuro que concibes sin importar mi apariencia? ¿Me amarías aunque siguiera teniendo cola de pez, atributo superfluo por el cual, hace un rato, vilipendiabas a Jūratė?

—¡Por supuesto! El amor perdona la fealdad. Detesto a Jūratė porque es malvada, no por su apariencia. ¡No pienses que soy superficial!

—¿No crees serlo tú?

—¡Claro que no, Casandra! ¡Mi amor por ti es tan profundo como este mar!

—¿Y si te mintiera o traicionara? ¿Si permitiera que arriesgases tu vida por mí sin necesidad, si antepusiera mis caprichos a tus emociones más nobles, si te tratase con desdén de modo repentino y sin miramientos? ¿Si fuese cruel contigo y te dejase sufrir por mi causa, rehusando poner fin a tu padecimiento aun cuando podría hacerlo con la mayor facilidad, seguirías amándome?

—Sí, pues el amor no se irrita, no tiene en cuenta el mal recibido, es paciente y servicial —recitó él, sin saber de dónde provenía aquella inspiración repentina que creía propia—. El amor todo lo disculpa, todo lo espera, todo lo soporta y, lo más importante, todo lo cree.

—¿Según quién? —inquirió Casandra, horrorizada.

—¡Según quienes, como yo, aman de verdad!

—¿De dónde sacaste ideas tan absurdas? —Rio la chica—. Creí en ti haciendo un voto de confianza en aquello que aparentabas ser, pero no puedo continuar haciéndolo cuando tus actos lo desmienten de modo tan rotundo. No debí confiar en ti para empezar. Aun así, es muy tarde para corregir eso.

—¿Menosprecias mi amor, Casandra? ¡Qué injusta es la vida conmigo! ¡Siempre ha sido así! Malo si sí, malo si no. De un modo u otro, siempre pierdo.

—¡Silencio! —exclamó con languidez la reina del mar, quien tomaba un respiro entre el nacimiento de un pescado y el siguiente—. ¡Qué discusión insoportable! ¡Creer en el amor de alguien con base en sus palabras equivale a tener fe en un dios desconocido con base en la promesa de su existencia! ¿Qué clase de sandez es esta a la que se han adherido los humanos de los últimos veinte siglos en lo concerniente a sus sentimientos? ¿Cómo es eso de que nadie debe siquiera desear confirmaciones patentes de la existencia del amor que le juran, sino que debe creer en este sin ver, ignorando toda manifestación contraria, para ser, según le aseguran, *bienaventurado* en un momento intangible del futuro? ¿Por qué debería alguien aferrarse a la esperanza de que, tras el sufrimiento que se le impone en la forma de actos que demuestran desamor, se halla la felicidad perpetua que le prometieron con palabras? Estáis locos todos, os digo.

—¿Lo ves, Casandra? ¡Jūratė no cree en el amor! ¡Es el mal encarnado! Escucha, comprendo que quieras cuestionar mi proceder por medio de la razón: eres una chica lista y no puedo replicar a los argumentos que provienen de tu intelecto. No obstante, no hay por qué complicar lo que es simple. El amor se siente y ya. Quizás no nos estemos comprendiendo bien porque procedemos de lugares tan distantes, de culturas diferentes… no lo sé. Creo que este es un gran malentendido. Te repito que mi amor por ti es incondicional. Nunca he esperado nada de ti. He aceptado gustoso y con sumo agradecimiento lo que tú te has ofrecido a hacer por mí, pero sabes que no te he obligado a obrar de ningún modo.

—No hay ningún malentendido, estoy segura de que nuestras discrepancias ideológicas no se deben a divergencias culturales. Sé que no me forzaste a venir aquí y, sin embargo, me manipulaste para que lo hiciese. Además, ahora me pides que obre en contra de mi naturaleza y de mi sentido del honor —dijo ella.

—¡Son circunstancias excepcionales, Casandra!

—Cuéntame de una vez cuál era tu plan exacto —solicitó la muchacha.

—Nunca he tenido un plan puntual, amada mía, lo juro, pues no sabía realmente lo que me esperaba acá abajo. Tenía la ilusión de que todo se resolviese de modo espontáneo y de que la suerte estuviese de mi lado, es decir, de nuestro lado. Yo ya conocía la historia de Jūratė y su primer marido, así que supuse que ella aún tendría la joya que ahora portas, pues se había lanzado al mar llevándola puesta. Por ello y solo por ello esperé pacientemente a ser su esposo. ¡Oh, Casandra, querida! Todo este tiempo mi anhelo ha sido obtener el collar y, tras verme vengado con la muerte del único ser que nos ha separado, esta amalgama demoníaca de pez y humano, hacerte mi emperatriz para que tú y yo reinemos juntos bajo el mar.

"A partir de mi sacrificio, quienes me conocen me deben agradecimiento, y estoy seguro de que te aceptarán, a pesar de que seas extranjera, una vez sepan que este monstruo fue vencido y están a salvo. ¡Seremos felices para siempre y todos nos tendrán en el más alto concepto! Llevarás la corona de Jūratė en tu cabeza y yo podré presumir de la hermosura de mi mujer día a día, cuando emerjamos al ocaso a recibir el aplauso de los habitantes de la tierra porque, Casandra, tú sí que eres una pareja apropiada para mí. Tu belleza, una vez ataviada con la dignidad que merece, conseguirá incluso que un hombre como yo luzca apuesto.

"No solo eso: seremos los dueños del porvenir de todas las naciones de la tierra, pues podremos decidir cuáles navegan con buena mar, cuáles tienen permiso de alimentarse del océano... en suma, cuáles prosperan y cuáles no; todo esto estará a nuestra discreción. ¡No habrá gobernante que pueda igualarme! Digo, igualarnos, porque lo que más deseo en el mundo es tu felicidad.

—Olvidas que el hechizo que me convirtió en sirena llegará a su término muy pronto. No podré vivir contigo bajo el mar.

—Precisamente por ello debes escucharme y conferirme el poder de Poseidón: yo mismo haré que puedas respirar bajo el agua de modo permanente. ¿Qué dices, amor de mi vida? ¿Matarás al monstruo ahora? —Culminó, dedicando a Casandra una mirada suplicante cuyo trasfondo la muchacha al fin pudo vislumbrar.

—Me parece que es demasiado tarde para eso —repuso ella.

Reijo se dio la vuelta y halló vacío el espacio donde, segundos antes, se hallaba Jūratė.

Cuando, a la mañana siguiente, los pescadores discernieron el cuerpo que era arrastrado por las olas hacia la costa, creyeron que se trataba de un gran animal y se dieron prisa en alcanzarlo. Este, sin embargo, llegó a la orilla antes de que pudiesen desembarcar y empezó a toser, expulsando el agua que contenían sus pulmones.

—¡Estoy ciego! —gritaba—. ¡Que alguien me ayude!

En primera instancia, nadie reconoció a Reijo, pues la hinchazón de sus tejidos y el color grisáceo de su piel lo hacían lucir más como un león marino que como el encargado del faro. Había perdido al menos la mitad de sus cabellos, por lo que grandes porciones de su cabeza habían quedado al descubierto aquí y allí, y en el lugar donde habían brillado sus ojos, se discernían dos hondos agujeros que los párpados abultados a duras penas si lograban ocultar. En torno a él, sobre la playa nevada, veinte pescados muertos conformaban una circunferencia perfecta. Estos estaban dotados de ojos humanos que revelaban su origen: eran hermosos y azules, iguales a los que su padre solía poseer.

Tras una larga travesía al cabo de Sunión en Grecia, Casandra y su abuela se dirigieron a las ruinas del templo de Poseidón. Allí depositaron como ofrenda el sombrero del difunto capitán, así como un dibujo del faro que Casandra había realizado durante su estadía en Finlandia. Después de consumir una opípara cena, las dos mujeres alquilaron un pequeño bote de remos y se hicieron al agua rebordeando el templo del dios de los mares. Una vez seguras de haber alcanzado un punto de bastante profundidad, se detuvieron y se miraron a los ojos, sonriendo. El sol se ocultaba en el horizonte, despidiendo destellos dorados sobre el agua serena. Casandra abrió la bolsa de seda que llevaba en el regazo y, tras besar su contenido con reverencia, lo dejó caer al mar Egeo al tanto que susurraba:

—Gracias.

La magnífica joya se hundió en un abrir y cerrar de ojos. Segundos después, un profundo rumor retumbó dentro del mar. Este fue tan poderoso que tanto los turistas como los locales que estaban en las inmediaciones se precipitaron a la playa para escudriñar el mar que se extendía ante ellos, fascinados y atemorizados a la vez.

Algunos creyeron distinguir una frase en griego, otros una en latín y otros, los más sinceros, admitieron no haber comprendido nada, pero todos insistieron en que habían escuchado la voz de Poseidón, pues nadie que tenga el privilegio de oír la voz del dios del mar puede dudar, siquiera por un instante, que se haya tratado de él.

Los padres de Casandra se habían ido a dormir y, al fin instaladas en su hogar natal, abuela y nieta sorbían chocolate caliente de dos tacitas azules mientras los copos de nieve caían sobre las ramas desnudas de los árboles parisinos. Aunque había pasado poco tiempo desde su arribo, estaban tan lejos del mar que ya añoraban sus matices cambiantes y su aroma, pero ambas sabían que jamás olvidarían las aventuras que habían vivido en él.

—Ahora que hemos devuelto el collar a Poseidón y nos hallamos libres de todo percance, cuéntame cómo fue que todo concluyó, tal y como me lo prometiste —pidió Marion a su nieta en voz baja y con ojos brillantes de emoción.

—Muy bien —dijo la chica sacudiéndose la melena rubia, que desde su arribo a casa llevaba corta hasta los hombros, al estilo francés—. Como recordarás, Reijo me había dado la daga antes de casarse con la reina del mar, y me había convencido de que me retirase de la caverna durante un tiempo prudencial, tras del cual debía volver para derrotar a la sirena una vez consumados sus esponsales. Ocurre que, mientras me alejaba, una corriente marina causó que perdiese mi rumbo y entonces, en medio de la oscuridad, escuché la voz de la criatura a la que más temía en todo el mundo.

"Cuando Jūratė salió a mi encuentro, creí que sería mi perdición. No había nada que yo pudiese hacer contra ella aunque llevase la daga, pues domina las corrientes de agua a su antojo. La sirena maldita, sin embargo, se acercó a mí y me ofreció su vientre para que la hiriese, lo cual me desconcertó sobremanera.

"—Es tu oportunidad, chiquilla —me dijo—. Escuché tu conversación con Reijo: ya sabes que no regresará contigo a la tierra a menos que me mates.

"—No puedo —dije, temblando.

"—¿No puedes, o no estás dispuesta a hacerlo?

"Tras unos instantes de reflexión, dije con toda veracidad:

"—No estoy dispuesta a hacerlo, reina del mar.

"—¿Ni siquiera por amor a Reijo? —inquirió, arqueando ambas cejas.

"Negué con la cabeza. Ignoraba por qué Jūratė jugaba conmigo de aquella forma, pero creía que era alguna especie de preludio perverso antes de devorarme.

"—¡Vaya! —dijo—. Quizás, después de todo, no seas tan estúpida como pensé.

"La miré inquisitiva, a lo que añadió:

"—Sabes que podría acabar contigo en cuestión de segundos si lo deseara y, aun así, no has intentado defenderte de un posible ataque.

"—No me has hecho nada aún, Jūratė —dije, exhalando agua salada—. De hecho, no me has hecho nada en lo absoluto

—añadí, dándome cuenta de que la extraña criatura que estaba ante mí era bastante pequeña y, cara a cara, lucía bastante inocente.

"—¿Así que no me juzgas?

"—¿Por qué habría de juzgarte? —repliqué—. Te temo más que a nada, es cierto, pero no has tocado uno solo de mis cabellos. Y, en cuanto a Reijo, vino contigo porque así lo decidió.

"—Bravo. Bravo, querida. Hablas con sabiduría.

"—¿Qué quieres de mí, reina del mar? —pregunté con voz trémula—. ¿Deseas que te devuelva esta daga?

"—Oh, no —replicó—. Quédatela. La necesitarás más adelante. Lo que deseo, chiquilla, es invitarte a mi boda.

"—¿Para qué? —inquirí, estupefacta.

"—Porque solo así sabrás quién es Reijo.

"La miré con sospecha pero ella no se inmutó sino que esperó mi respuesta en calma.

"—¿Me das, como a Reijo, la opción de negarme a acompañarte?

"—Por supuesto. Aun así, no estarías obrando de acuerdo con tu propia conveniencia. Permite que te explique...

"Y, dicho esto, procedió a hablarme con tal lógica y claridad que no pude menos que creer todo cuanto me decía, y terminé por aceptar hacer lo que me había pedido, lo cual revelaré en breve. Jūratė me guio hasta un lugar en donde se encontraba una enorme concha de color púrpura que emanaba un cálido resplandor rosáceo. Tras ser tocada tres veces por la sirena maldita, esta se abrió, revelando así su contenido, que no era otro que el collar de Poseidón, el cual la reina extrajo de su interior con sumo cuidado.

"—Te entrego esta alhaja haciendo un voto de confianza. A partir de este momento, eres mi aliada —sentenció, tras de lo cual aseguró el collar en torno a mi cuello y procedió a darme una serie de instrucciones precisas.

"La seguí hasta la caverna para ocultarme tras de uno de sus muros y, de tal modo, dar inicio a su plan: temblando de rabia, escuché los votos que Reijo recitó con asombrosa hipocresía durante la ceremonia. Él daba a la reina del mar muestras de la misma devoción que fingía sentir hacia mí sin titubear y, mientras que lo observaba, comprendí que no importaba quién fuese ella ni quién fuese yo: nuestras posiciones eran, en verdad, tal y como lo había dicho Jūratė, perfectamente intercambiables. Ya había comprobado que Reijo no temía por su vida, así que solo el más terrible descubrimiento relucía en medio de aquella farsa: nadie que jure amar a dos personas dice la verdad a una u otra.

"Aguardé en el mismo lugar a que ascendieran a la superficie y retornaran a la caverna, y en cuanto llegaron me vi obligada a atestiguar la seducción de la reina por parte de Reijo durante su noche de bodas, lo cual fue en extremo cruel y perturbador para mi corazón... Pero, más adelante, cuando lo escuché susurrar tan atroces escarnios a la mujer que reposaba a su lado, a la cual había lisonjeado con tal fervor momentos antes, sentí tanta ira contra él que habría podido matarlo, y comprendí a Jūratė. Solo entonces me manifesté ante él y durante la conversación subsiguiente comprobé, como afirmaba la reina, que aquel hombre que me había expresado su afecto de tantas formas vanas había planeado con pasmosa maestría una estratagema casi perfecta, en la cual yo había participado como la más necia de las féminas a causa de mi extrema ingenuidad. Pero, como sabes, al final su ardid resultó no ser perfecto en lo absoluto.

"Cuando Reijo se dio la vuelta para descubrir que Jūratė se había ocultado después de dar a luz, su terror fue tan evidente que por poco me echo a reír. Aun así, en cuanto escuchó su plañido, constató que la reina se había replegado con sus hijos muertos al otro lado del enorme lecho, donde ahora le cantaba a cada uno una amarga y melancólica canción de cuna, sosteniéndolo contra su pecho y procediendo a depositarlo sobre la arena. Su angustia y desolación eran tan evidentes que habrían conmovido a cualquiera... excepto a Reijo, quien es incapaz de sentir compasión para con nadie que no sea él mismo, la eterna víctima de su propia fantasía.

"Puesto que aún rehusaba acercarme a Jūratė, Reijo se apoderó de la daga que yo había depositado sobre la cama y se desplazó hacia donde se encontraba su esposa, con la intención de herirla por la espalda. —Suspiró la chica, meneando la cabeza—. Supongo que se dijo a sí mismo que no perdería nada procurando asesinarla con sus propias manos. Realmente creyó que sería más veloz que una sirena y que esta no se vengaría del modo en que lo hizo al haber sido afrentada de ese modo, en especial después de haber escuchado los improperios que brotaban sin cesar de la boca de su esposo.

—Y, sin embargo, no lo mató —dijo Marion, pensativa.

—No. El dios de los mares se lo llevó antes de que pudiese hacerlo. Estoy segura de que, si no hubiese sido así, la reina lo habría asesinado en ese instante en vez de devorarlo poco a poco como a sus anteriores maridos. Estaba realmente furiosa aunque... puesto que conoce los corazones de los hombres, sin duda había anticipado al menos algún comportamiento irritante por parte de Reijo. Las perlas siempre eligen a varones vanidosos, ambiciosos, veleidosos o desleales. Es el único modo en que Jūratė puede recrear su tragedia humana, siendo traicionada una y otra vez por su marido, y debe ser así porque la maldición de su primera rival fue una realmente poderosa. Esta debía estar sufriendo lo inimaginable para que cada una de sus palabras se haya realizado con tal precisión.

—Ahora que hablas de maldiciones, debo admitir que a veces siento lástima de que Reijo ya no pueda ejercer el único oficio para el cual tenía habilidad —dijo la abuela—. Sin embargo, es comprensible que todos se nieguen a aceptar que el encargado del faro sea un hombre ciego, por notable que haya sido su pericia y por más que haya conocido cada centímetro de la edificación. Jamás podría verificar que la luz sí fue encendida.

—Sí... también yo siento lástima de él en ocasiones. Pero creo que, a la larga, el señor Mertens desempeñará el oficio de manera más responsable que él. Además, el regalo de Jūratė enfureció tanto a los habitantes del puerto que, como es propio de ellos, no quisieron volver a saber nada de Reijo tras abrir el cofre.

—Aún me pregunto por qué la reina se habrá molestado en hacerles llegar un baúl lleno de arena y piedrecillas —murmuró Marion, pensativa—. ¿Sería una especie de broma? Aunque todavía no logro descifrar el significado de sus palabras cuando habló a la colectividad al respecto del regalo, no olvido que insinuó que la supervivencia de todos los allí presentes dependía del contenido del cofre y su justa repartición.

—Eso no me lo explicó Jūratė, pero supongo que si, como nos contó Gerth Mertens, hicieron caso omiso de las advertencias de la reina y despreciaron su regalo vociferando imprecaciones, el dios del mar no debe estar muy complacido con ellos. Probablemente esperaban oro y plata de algún naufragio, y a Poseidón no le gusta la avidez.

—Por suerte estamos lejos de allí. Aunque no haya participado en los delirios de aquella comunidad, no quisiera hacerme acreedora del castigo del dios de todos los mares solo por estar en el lugar equivocado. Cielos, te interrumpí, querida. Continúa, por favor.

—Por supuesto. —Sonrió la chica—. Tras aquel breve enfrentamiento con Jūratė en el cual salió perdiendo, una enorme corriente arrastró a Reijo y a su progenie en dirección a la superficie, por lo cual lo perdí de vista. Yo sabía que aquello era obra del collar que portaba, pues este obedece la voluntad de Poseidón, quien también revocó la capacidad de Reijo de respirar bajo el agua en cuanto este tocó la playa.

—Habilidad a la cual, por cierto, nunca supo dar buena utilidad —apuntó Marion.

—Así es —dijo su nieta—. Y todo por estar buscando el collar que asumió tenía el poder de convertirlo en el hombre más grande del mundo. Ahora comprendo que solo por esto eligió un oficio que le permitía estar lejos de los demás: deseaba explorar el mar en soledad sin que nadie lo supiera. Jamás le bastó hacerse diestro en una ocupación digna que, al fin y al cabo, es solo humana: deseaba ser un dios. Pero divago, abuelita.

"Me hallé, pues, de nuevo a solas con Jūratė, quien me miraba con esos grandes ojos desprovistos de calidez. Se había reclinado sobre el lecho, cansada. Aún llevaba en la mano la daga que le había arrebatado a Reijo con la proverbial agilidad de un pulpo y con la cual le había quitado la vista, vociferando:

"—Con que no querías mirar a tus propios hijos... Te escuché hablar mientras fingía dormir, Reijo. Hágase, pues, tu voluntad: ya nunca volverás a regodearte en la apariencia de ninguna criatura ni en la tuya propia. Mi rostro será el último que veas.

"Debo confesar que por un fugaz instante me pregunté si Jūratė intentaría devorarme ya que Poseidón le había arrebatado su sustento. Entonces recordé que Reijo había enterrado sus lágrimas en la arena, justo bajo mi cola de pez, y las recuperé antes de que ella se diese cuenta de lo que hacía. Nadé hacia ella y, extendiéndoselas, dije:

"—Creo que esto es tuyo. Es verdad lo que dicen, Jūratė: las perlas traen lágrimas.

"Aunque no puedo negar que detecté un dejo de altivez en sus ojos, su expresión cambió de nuevo, suavizándose mientras que el atisbo de una sonrisa, que al final resultó ser más una mueca de aflicción, se dibujaba en sus labios.

"—Gracias —dijo, soltando la daga y recibiendo las diminutas perlas azules de mi mano para acunarlas entre las suyas—. Son lo único que me queda de aquella vida humana que tuve, la cual decidí acabar por cuenta propia a causa del orgullo. La última vez que lloré.

"—Lo siento —respondí, y es verdad que el dolor de Jūratė, ese que ya no puede ser puesto de manifiesto, me ha atormentado desde aquel día.

"—No sientas lástima de mí —rechistó, empuñando las lágrimas con fuerza y clavando su mirada insondable en la mía—. Soy la reina de este mar. Devoro a mis maridos y gozo amenazando a los habitantes de los puertos cercanos cuando tengo la fortuna de que sean lo bastante simplones como para confiar, sin prueba alguna, en que tengo alguna habilidad especial capaz de favorecerlos. ¿No los odias tú también, chiquilla? ¿No te gustaría que esa partida de hipócritas, capaz de exigir el sacrificio ajeno con el fin de conservar la estabilidad ilusoria que la rodea, recibiese su merecido?

"—Supongo que no me disgustaría que así fuese —suspiré, evocando sus rostros ávidos y maliciosos.

"—¡Ah! ¡Me recuerdan tanto a mis antiguos súbditos, siempre prestos a postrarse ante la figura de poder de turno con su mejor sonrisa para sonsacar algún beneficio! Tal fue que prefirieron a Agđa no solo porque mi marido la hubiese favorecido sino porque creían que ella sería una señora más dadivosa que yo. Pero ningún amo digno ni sabio puede ser generoso con quienes quieren que todo les sea dado. Y aquí estás tú, portando las perlas de Poseidón, tal y como Agđa lo hizo un día. Solo que en esta ocasión fui yo quien te entregó el collar que, como sabes, no hace más que obedecer la voluntad del dios de los mares y no confiere ningún poder a su portador, como lo supuso erróneamente Reijo. ¡Nadie puede igualar a Poseidón! Solo el más ingenuo de los hombres planearía su devenir con base en habladurías de grumetes que al final fueron divulgadas por medio de una de tantas compilaciones de leyendas del mar. —Rio—. ¡La gente tiene demasiada fe en la veracidad de la palabra escrita! Lo cierto es que el collar solo trae desgracias a quien lo tome sin el debido permiso. Tú ofrendaste tu nombre a Poseidón y, por lo tanto, estás sujeta a sus designios. Eres súbdita del dios de las aguas, por lo cual también estarás a salvo mientras portes con reverencia y desprendimiento la joya que le pertenece. Sin embargo, yo misma fui castigada por su esplendor en el pasado. Siempre odié esas hermosas perlas, por más que desease poseerlas. Me presagiaban adversidad aun cuando ignoraba que se trataba de la traición que desgarraría mi alma. Después de haber pasado tantos siglos en este abismo, comprendo que lo que en verdad deseaba poseer era el amor de mi primer esposo y no la alhaja más bella del mundo. Pero, infaustamente, tampoco se puede poseer el amor.

"—¿Lo amabas tú a él, Jūratė? —Me atreví a preguntar, puesto que ella se expresaba con soltura.

"—Oh, sí. ¿Por qué, si no, lo habría matado? —replicó. Lucía francamente extrañada, como si creyese que sus palabras tenían perfecto sentido—. Era humana y, por ende, impulsiva. Aún me dejo llevar de la rabia, es cierto, pero esta responde más a mi ineludible destino: la soledad. Me he acostumbrado a ella. Cada vez que me caso y mis hijos nacen muertos, me rebelo ante la idea de quedarme junto a un hombre que no me ama y jamás me amará. La costumbre rara vez da paso al amor y, si lo hace, es solo cuando se trata de personas honorables. Yo siempre elijo varones inconstantes. Al final, acabo prefiriendo mi propia compañía.

"—¿Amaste alguna vez a Reijo?

"La reina del mar rompió a reír de tal modo que pensé por un momento que perdería el conocimiento pero, tras lanzar un largo gemido, dijo:

"—¿Cómo podría jamás amar a un varón que no tiene nada genuino que ofrecer? La única joya verdadera que alguien puede obsequiar es su carácter, y él no lo posee.

"—Yo sí creí amarlo, y lo lamento con el alma —dije, entristeciéndome en lo más profundo—. Siento que perdí el corazón que solía tener y ahora no hallo en mi interior nada más que vacío. He debido saber que no se puede confiar en quien afirme ser bueno. No sé si pueda perdonarme haber sido tan cándida.

"—¡Vaya ridiculez! —replicó, poniendo los ojos en blanco—. Jamás comprenderé a la gente que siente remordimiento. Es mucho más fácil responsabilizar a los demás de nuestros actos, sean estos premeditados o simples frutos de la vehemencia. Siempre puede hallarse una explicación que justifique nuestro proceder satisfactoriamente. En este punto, encuentro que tengo afinidad con Reijo. ¡No en balde lo eligieron mis lágrimas! —rio, enseñando todos sus dientes—. Aun así, a diferencia suya, no tolero la lástima ajena ni disfruto simular que soy una víctima de la humanidad o del destino. Soy inescrupulosa, sí, pero no pusilánime. ¡Eso jamás!

"—¿Nunca te has arrepentido de nada, reina del mar? —inquirí asombrada.

"—No —sentenció, elevando el mentón—. Soy incapaz de sentir culpa. No pretendo que sigas mi ejemplo, pues no estamos hechas de la misma fibra moral pero... harás bien en dejar el remordimiento en el pasado junto a tu corazón roto, el cual fue destruido y es, por ello, igualmente inservible. En este caso, tu arrepentimiento no es más que el recuerdo del dolor que tu error te causó. Verás que el vacío, fuente de libertad infinita, es mucho más poderoso que un amor imaginario como el que creíste sentir. Todo potencial se halla en él. Además, puesto que ofrendaste tu nombre a Poseidón, obtuviste un nuevo corazón que le pertenece al océano. Gracias a él llegarás a experimentar la verdadera serenidad: vivir sin temor es un lujo que pocos pueden darse y es tu premio por haber enfrentado tus miedos y haber perdido el amor que suponías era verdadero, aunque tal pérdida sea una ganancia encubierta. Felicidades.

"—Gracias —dije a mi pesar, pues no lograba comprender cómo un dolor semejante podía ser beneficioso para nadie.

"—Sin embargo, tienes razón en un punto: no debiste creer en Reijo —prosiguió mi interlocutora, tomando un peine de plata del cofre abierto que se hallaba junto a ella y procediendo a peinar su larga cabellera plateada—. No habrías podido adivinar que buscaba engañarte como a todos, pues no eres pitonisa ni posees poderes similares a los míos para ver los corazones de los hombres, pero pasaste por alto un detalle mucho más importante que su intención de valerse de argucias para que le fueras de utilidad: el hecho de que no existe un ser más tornadizo que aquel que mide su propia dignidad según el criterio de la mayoría.

"—Es cierto. Parecía buscar desesperadamente un consenso para proceder de modo que no afectase su imagen —murmuré.

"—Si el sacrificio de Reijo hubiese sido aun cuando menos sincero a medias, que no lo fue, no lo habría realizado por el bien de sus conocidos según lo afirmaba, sino únicamente para dar la apariencia de ser su salvador, el mártir que se inmolaba por ellos. Sabes que no insistía en permanecer en el abismo por temor a mis represalias contra los habitantes del puerto sino porque creía estar favoreciendo sus propios intereses clandestinos, los cuales consistían en obtener, primero, el reconocimiento de unos cuantos con base en un heroísmo artificial, segundo, ciertas habilidades comparables a pequeños milagros para deslumbrar a sus coterráneos y, más adelante, poder absoluto para ser reverenciado de forma universal. Reijo habría hecho lo que fuera por ser aclamado, subyugando a la humanidad entera de ser preciso con tal de lograrlo. Del sacrificio aparente a la dominación de la voluntad ajena por la fuerza, tal es la evolución característica de un tirano. Primero suscita gratitud o conmiseración, y luego miedo. Toda falsa víctima lleva un opresor dentro de sí.

"—Un falso mesías —mascullé horrorizada.

"—Todos lo son. A pesar de lo que pueda decirse a partir de la observación superficial de fantasías tan pueriles como aquellas de convertirse en héroe o ejercer un dominio extendido sobre la Tierra, que son dos caras de la misma moneda, que alguien añore el aplauso ajeno con tal ímpetu no significa que no se ame. Significa que rehúsa conocerse. Tampoco significa que ame más a los otros que a sí mismo, sino que ama la opinión ajena más que a nada en el mundo, y con base en esta decide quién es, si es digno de admiración, aprobación, reproche o desprecio, por lo que termina deviniendo algo tan banal como su propio reflejo. Puesto que, debido a que no se conoce, no tiene control sobre su carácter, busca desesperadamente manipular la imagen que los demás tienen de él, lo cual, de dar resultado, hace que se desconozca aún más y termine por creer que la ilusión que él mismo ha creado es real, así sus propios actos la desmientan día a día. De ahí que tantos villanos puedan dormir en paz.

"—Yo no quiero que Reijo tenga paz —admití.

"—Descuida. Es una paz vacilante que a duras penas si le permite a la persona en cuestión soportar la cotidianeidad: cuando un ser como Reijo cree estar obrando según su propio beneficio, lo hace en su contra, y de tal modo se encuentra ora fracasando, ora eternamente insatisfecho con los resultados de sus propias decisiones, pues el éxito moderado siempre le es insuficiente. Imagina entonces que ha sido castigado injustamente por el hado pero, aunque no lo admita, está habituado a ocupar una posición que le permite lamentarse de su suerte para suscitar la compasión de quienes lo rodean, cuyos caprichos insiste en haber intentado satisfacer. Por su disposición, alguien así siempre rehúye la confrontación directa consigo mismo y los otros. De tal modo, Reijo prefería que tú me dieras muerte a intentarlo él y posteriormente me atacó por la espalda: fue solo una manifestación externa de su verdadera esencia. Cuando regreses a la superficie, ten en cuenta que Reijo utiliza el padecimiento como moneda y cree firmemente que, quien más dé la impresión de sufrir, más debe recibir de parte de los demás, como si estuviesen obligados a darle algo a cambio del dolor que experimenta, aunque este sea postizo o exagerado. Ya verás cómo explota la lástima de quienes lo rodean hasta el día de su muerte. Guárdate de ser una de ellos.

"—Jūratė... ¿por qué has sido tan amable conmigo? —inquirí tras haber procurado asimilar la sapiencia de la sirena maldita, a la cual había escuchado con reverencia sin que ella hubiese tenido que decir *soy buena*. Teniendo en cuenta sus circunstancias, me habría sido imposible no comprender su misantropía generalizada, a la cual había hecho una excepción conmigo. Yo estaba francamente conmovida.

"—Cuando Reijo se despojó de una de mis lágrimas, supe que se había prendado de la hermosura de una mujer a la cual pretendía cortejar y me llené de cólera. Seguí el curso del navío que transportaba la perla con tan buena suerte que una tormenta causó que este naufragase, pero no pude hallar mi pequeña lágrima por más que la busqué, y perdí su rastro temporalmente. Sin embargo, cuando la sostuviste entre tus manos por primera vez, supe con exactitud dónde se hallaba. No solo esto, sino que también conocí la inocencia de tu corazón. Muy a pesar de mí misma, sentí piedad de la muchacha candorosa que tarde o temprano creería en las falsas promesas de Reijo. Supuse que un día vendrías al Norte porque las perlas no pueden estar separadas y, sin importar lo que hagan con ellas los habitantes de la tierra, tarde o temprano regresan a mí.

"—¡Las pesadillas de mi abuela y su repentino temor al mar! —exclamé—. ¿Los causaste tú, acaso?

"—Yo no, chiquilla. Pero deduzco que tu abuela experimentó el poderoso influjo de mis lágrimas, que están imbuidas de la magia que les confirió Poseidón. Una vez llegada la hora de ser reunidas, hallan el modo de permear las mentes de los seres humanos para que, por descabellado que parezca, ellos mismos faciliten su retorno al lugar donde pertenecen.

"—Y, al final, yo misma terminé por traer la otra hasta tu morada —comenté sin salir de mi asombro—. ¿Crees que fue tu lágrima la que me instó a venir aquí?

"—Probablemente te proporcionó algo de arrojo —dijo, encogiéndose de hombros—. Aun así, hasta donde sé, obraste guiada por el amor que te inspiraba ese parásito oportunista. Ah, chiquilla... si bien siempre supe que recobraría mis lágrimas, reconozco que, desde que te conocí a través de la perla que Reijo te envió, tu destino no me ha sido del todo indiferente. Empezaste a simpatizarme con el paso de los días pues, a pesar de tu credulidad, no eres frívola como mis rivales anteriores. Cuando zarpaste hacia estas latitudes, me dije que quizás no merecías morir como todas las que, poco a poco, han ido conformando mi pequeña corte. Aun así, mi naturaleza te espantó desde un comienzo, lo cual me frustraba e indisponía contra ti.

"Aunque al consumir la pócima preparada con mi lágrima te hiciste una con la esencia del océano y por ende receptiva a mis palabras, era menester que descubrieses con tus propios ojos la verdad acerca del hombre al que creías amar. Y reitero que creíste amarlo porque, aunque tus sentimientos fuesen legítimos, surgieron a partir de la gran pantomima que Reijo se ha empeñado en representar desde que descubrió el placer de ser adulado. Solo por ti le di la oportunidad de elegir públicamente entre venir conmigo o quedarse en la tierra: si bien estaba segura de que aceptaría ser mi esposo, también consideraba imperativo que te quedara claro que obraba por decisión propia.

"—Ahora que todo terminó, me gustaría devolverte el collar de inmediato —manifesté, ansiosa por despojarme de él.

"—Espera —dijo—. Te entregué el collar para que, una vez comprendieses quién es Reijo, ya nunca volvieras a derramar lágrimas por quien jamás te quiso de verdad... pero también porque tengo la esperanza de que, tras haber vivido todo esto, me hagas un favor. Verás, deseo pedirte algo a cambio de haberte liberado de ese nefasto amor ilusorio que te habría traído tantas desgracias: ¿retribuirías el servicio recibido de mi parte retornando el collar de Poseidón a su lugar de procedencia? Es algo que solo puede hacer mi rival, siempre y cuando esta se abstenga de condenarme aun para sus adentros. Es una oportunidad única en lo que me concierne: si haces esto por mí, mis hijos cesarán de nacer muertos y al fin tendré compañía. Poseidón me lo prometió.

"—¿Seguirás devorando a tus maridos? —inquirí, entornando los ojos y ladeando la cabeza.

"—Por supuesto —repuso ella con desenvoltura—. Es mi naturaleza.

"—Te doy mi palabra de que retornaré el collar de Poseidón al lugar de donde lo hurtó tu primer marido —afirmé.

"—Qué hermoso —dijo la reina, y me pareció ver un matiz de esperanza casi humano en su mirada—. Una promesa en la cual sí puedo creer.

"En ese instante sentí que el collar me obligaba a retroceder y supe que pronto me guiaría a la superficie.

"—Adiós, Jūratė —respondí—. Quizá algún día nos volvamos a ver.

"—No, chiquilla —respondió, bostezando—. No emergeré de nuevo hasta dentro de trescientos años. Es hora de dormir.

"Dicho esto, sus ojos se cerraron y la vi adormecerse sobre el lecho de huesos mientras que las perlas me arrastraban hacia arriba con gran presteza. En cuanto mi cabeza estuvo fuera del agua, nadé hacia el faro y, al alcanzar la playa que lo rodea, me senté sobre la arena. Estaba amaneciendo. Para cuando los rayos del sol me tocaron, mi cola de pez había desaparecido dejando en su lugar mis piernas, las cuales moví con una desagradable sensación de letargo. Sabía que el hechizo había llegado a su término y que ya jamás volvería a nadar como el más veloz de los peces o a respirar bajo el agua como uno de ellos, pero también sabía que ya nunca le temería al mar como solía hacerlo. Me había hecho una con él, con su dios, quien ahora es dueño de mi nombre, y con la sirena a quien tanto temía.

—Pobre Jūratė —dijo Marion—. Me alegra pensar que dentro de tres siglos podrá al fin dar a luz hijos vivos y arrullarlos. Podrá al fin sentir amor. El dios de todos los mares fue bondadoso con ella al darle la oportunidad de mitigar su sufrimiento aun cuando sea un poco. Y me enorgullece sobremanera que hayas sido tú, precisamente, la primera de sus rivales que no la juzgó, muy a pesar del miedo. ¿Qué habría ocurrido si, en vez de esto, hubieses intentado matarla como lo había especificado el señor Mertens y como te lo pedía Reijo con tanta insistencia?

—No creo que hubiese logrado nada semejante, abuela, porque jamás lo deseé.

—¿Y si lo hubieras querido así, si te lo hubieras propuesto y lo hubieses conseguido?

—Supongo que la habría librado de la maldición de modo definitivo... pero no habría podido vivir conmigo misma. Y, de todos modos, tal no era el verdadero propósito del conjuro redactado por la sacerdotisa quien, ahora sé, solo obedecía los designios de Poseidón. El dios de todos los mares es misericordioso con quienes derraman lágrimas en el mar y esperaba que alguien se compadeciese de la sirena maldita sin importar lo que esta haya hecho... o vaya a hacer.

—¿Ocurrió algo más tras tu retorno a la superficie?

—Nada importante. Un frío intenso me invadió, recordándome mi condición de ser humano. Ingresé al faro, me vestí con las ropas más pesadas de Reijo que encontré y aguardé a que algún pescador me llevase de regreso a la costa. Suerte que pude ocultar el collar de Poseidón bajo el abrigo y aquella enorme bufanda de lana.

—¡Suerte que Gerth Mertens estuvo conmigo durante los tres días en que te ausentaste, o habría muerto de la preocupación! Jamás debiste proceder como lo hiciste.

—Abuela...

—Lo sé, lo sé, al final todo resultó bien para todos.

—Excepto para Reijo —dijo Casandra, arqueando una ceja.

—Yo diría que, para tratarse de alguien que tiene tal avidez de atención, le va bastante bien —discrepó la abuela—. Sus familiares se turnan para cuidarlo y al menos no fue devorado por Jūratė. Me cuesta creer, sin embargo, que después de haber puesto en evidencia la naturaleza trivial de sus sentimientos hacia ti, haya osado pedirte que te quedaras con él.

—A mí no me sorprende en lo absoluto —dijo la chica—. Es un hombre baladí que suele ver en los demás alguna utilidad para su beneficio personal. Estoy segura de que él mismo jamás se ha detenido a pensar que no tiene absolutamente nada que darle a otra persona. Es como si creyese ser una deidad capaz de contentar a quienes lo rodean sin mérito alguno... y por ello me alegra aún más que no haya podido hacerse siquiera con una ínfima parte del poder de Poseidón.

Casandra tomó un gran sorbo de chocolate y evocó las últimas palabras que había escuchado de labios de Reijo, quien aquel día llevaba una venda sobre los ojos y la esperaba junto a la chimenea en casa de sus padres. Aunque los mordiscos de la reina del mar no le habían dejado cicatrices demasiado severas y la hinchazón de sus tejidos había desaparecido casi por completo, había engordado mucho con el paso de los días, quizá a causa de la falta de ejercicio o el exceso de comida que recibía de manos de su madre.

—Te dije, amada mía, que eres la emperatriz de mi corazón, y aquí estoy, al fin en la superficie, dispuesto a estar contigo hasta la muerte —se dirigió a Casandra con voz temblorosa y colmada de altibajos—. Como sabes, tras haber batallado con Jūratė, me hallo a merced de mi infortunio. Ahora que todo lo que percibo es oscuridad, no me resta más que el recuerdo de tu rostro, oh, Casandra, luz de mi vida. Guíame tú ahora, pues sin ti soy como una embarcación perdida que no puede hallar su rumbo. No regreses a Francia. Quédate en Finlandia conmigo.

"De no haber sido por esta gran tragedia causada por la sirena, habríamos podido vivir en el faro y tener nuestro propio hogar pero, por ahora, deberemos de resignarnos a vivir con mis padres. Descuida: cuando ellos mueran, su propiedad será mía, así como todas sus posesiones. Esperaba heredar la casa de mi tío el capitán, pero tu abuela la vendió... En fin, no tengo mucho que ofrecerte, tan solo mi amor, pero estoy seguro de que este te bastará. Sé la única belleza de mi mundo y la única amiga a quien llevo en el corazón pues, desde que defraudé a todos mis conocidos, ya no tengo amigos verdaderos.

—Tus palabras no me conmueven ni me halagan, Reijo, y no soy tu amiga.

—¡Casandra, lo siento, perdóname! ¡Sé que te fallé y al hacerlo me fallé a mí mismo! Nos fallé a ambos, pero te prometo que el monstruo ya no podrá separarnos jamás.

—Te equivocas, Reijo. Está separándonos en este preciso instante, y esta vez para siempre —dijo Casandra.

—¿A qué te refieres, luz de mi vida? —inquirió él, intentando alcanzarla con la mano, a lo que la muchacha retrocedió.

—El único monstruo al que he conocido en toda mi vida aún está casado con Jūratė... y, te recuerdo, no puede ser enterrado en tierra firme —dijo por lo bajo, clavando sus ojos en él—. No hay océano lo bastante profundo como para ocultar su vergüenza, ni charco tan superficial como su alma.

—¿Te refieres a mí? —repuso, indignado. Que cualquier persona lo tuviese en un concepto desfavorable lo desvelaba, pero que se tratase de la chica cuya admiración y amor había logrado obtener tan fácilmente, aunque hubiese sido solo gracias a la mentira descarada, lo enfurecía y hacía perder el dominio de sus emociones—. ¿Quieres decir que me desprecias? ¡Mírame, Casandra! ¡Mi existencia es una desgracia! ¡Solo la idea de morir me consuela! ¡Si no tienes compasión para conmigo, al menos insúltame de forma directa, no por medio de insinuaciones! ¡Anda, di que te hice daño, que soy un mal hombre! ¡Desearía que expresaras algo de pasión, aun cuando fuese rabia!

—Mi corazón ya no puede experimentar ninguna pasión hacia ti. En lo que te concierne, mi fuego interior fue extinguido para siempre por el helado mar de la realidad. No te conozco y nunca te conocí pues tu existencia es, en sí, una mentira. No me importa si ríes o sufres, si vives o mueres: aunque seas tú quien no me puede ver, eres invisible para mí.

Dicho esto, se dio la vuelta y salió de aquella casa sin mirar atrás. Sabía que cualquier palabra adicional que pronunciase no haría más que alimentar la vanidad que gobernaba aquel corazón yermo. Pensó que, así Reijo hubiese perdido su atractivo y la capacidad de ejercer un oficio respetable, ella habría continuado amándolo toda la vida si él hubiese tenido integridad, pues no se había enamorado de su habilidad ni de su apariencia sino de la candidez y sencillez que había fingido poseer en un comienzo. Sin embargo, estaba claro una vez más que, aun experimentando las desalentadoras consecuencias de su propia vileza, Reijo no estaba dispuesto a intentar remediar sus males ni a responsabilizarse de los mismos: solo le importaba no haberse salido con la suya, y su arrogancia era tan inmensa que, al no recibir alabanzas o, en su defecto, la conmiseración por medio de la cual esperaba que su escandalosa falta de carácter fuera pasada por alto, había terminado por mendigar ofensas. Para él, cualquier cosa era preferible a la indiferencia que se había apoderado de Casandra y quienes lo rodeaban.

Mientras caminaba hacia el puerto donde Marion la esperaba, lista para abordar la embarcación que las llevaría a través del mar cuya reina ya dormía apaciblemente, la muchacha sintió que Reijo había cesado de existir para ella. El mar, sin embargo, la acompañaría a donde fuese, susurrando su nombre con aquella dulzura siniestra que ahora le parecía un arrullo: *Casandra, Casandra, Casandra.*

Gerth Mertens se había fabricado un pequeño amuleto a partir de una de las piedrecillas contenidas en el baúl que Jūratė había enviado a la orilla. Bajo una rugosa capa blanca, la piedra había resultado ser ámbar báltico de excelsa calidad. El señor Mertens era el único que no había desdeñado el regalo de la reina y, siguiendo sus instrucciones, no había tomado más de lo que le correspondía, contentándose con su pequeña piedra blanca y dejando que el mar se llevase lo demás, que nadie había querido.

Como nuevo encargado del faro, observaba la ciudad portuaria desde su lugar de trabajo cuando la tormenta estalló. En cuestión de minutos, las gigantescas olas arrasaron con todas las viviendas que encaraban el litoral, así como con las embarcaciones que estaban atracadas en el puerto. Tras varias horas de miedo y estupefacción durante las cuales Gerth creyó que el mundo acabaría, el mar absorbió aquella porción de la línea costera, destruyéndola de modo definitivo: las rocas y la arena desaparecieron, arrasando consigo todo lo que habían sostenido y hundiéndose hasta reposar en el fondo del océano. Solo el faro permaneció intacto, erigido sobre aquel islote solitario.

En cuanto a Mertens, único sobreviviente de la catástrofe, halló empleo en un próspero puerto poco después y contó la historia muchas veces a sus nuevos amigos y vecinos, quienes veían en él a un sabio consejero digno de deferencia. Junto a ellos vivió largos y alegres años gozando de salud completa, así como de aquella inusitada popularidad que jamás había buscado. No puede afirmarse lo mismo de Reijo, quien murió anegado en soledad. Sus parientes se habían hartado de sus quejas, por lo cual lo habían relegado a una habitación donde no tuviesen que escucharlo con regularidad. Además, aunque no se lo dijesen, lo consideraban motivo de vergüenza familiar por haber engendrado bestias con atributos humanos cuya paternidad no podía negar y, así como él aguardaba a que sus padres muriesen para heredar su propiedad, ellos fantaseaban con que él muriese cuanto antes para enterrar la desilusión y bochorno que les producía. Pues bien, los deseos de unos y otros se cumplieron, y Reijo ya no tiene motivos para lamentarse: fue enterrado en lo más profundo del Báltico dentro de la casa de sus padres, que ahora es suya, con la dignidad que corresponde al portador del título de rey de aquellas aguas, tal y como lo había especificado Jūratė: lo que es del mar debe volver a él.

Fin

Agradecimientos especiales:

Juan Andújar, por tu inmensa ayuda con la investigación y revisión de este cuento de mar. ¡Te adoro, papito!

Daniele Sciucca, por el recuento personal de tus experiencias en el Báltico: qué fortuna contar con la amistad de un viajero tan atento como tú. Gracias, además, por leerme en español.

Isabel Andújar, Adelaida Osorio, Carlos Guerrero, Carlos Castillo, Carolina Castro, Santiago David: gracias por acompañarme en la vida. Los quiero infinitamente.

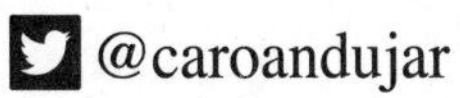

El despertar de la sirena de Carolina Andujar
se terminó de imprimir en octubre de 2017
en los talleres de
Litográfica Ingramex, S.A. de C.V.
Centeno 162-1, Col. Granjas Esmeralda, C.P. 09810
Ciudad de México.

—Creo que podemos asumir, al menos, que el hecho de estar celebrando el día de su nacimiento hace a los muchachos más susceptibles a ser reclamados por su dueña —sugirió Mertens.

—Tal vez el monstruo no desee llevárselos antes de que se conviertan en hombres —dijo Marion—. Se me ocurre que...

Gerth Mertens la observó con expresión inquisitiva.

—Jūratė tienta a sus víctimas con sus bellas lágrimas —prosiguió la mujer—. Los muchachos, creyendo haber hallado una especie de regalo de parte de la vida, no piensan en devolverlas al mar sino que las aceptan gustosos, sin saber que en realidad no les pertenecen. Y luego, al pasar los años, una vez se han hecho adultos... ¿Conoce la frase "todo lo que proviene del mar debe volver a él"?

—Por supuesto —afirmó su interlocutor, frunciendo el ceño—. ¿A dónde quiere llegar?

—Los muchachos pagan con sus vidas haber sido seducidos por la belleza de las exóticas joyas.

—Tal y como el primer esposo de Jūratė antes de su transformación en monstruo —dijo Gerth como para sí mismo, poniéndose de pie.

—¿Qué hay con el difunto rey? —inquirió Casandra.

—Según uno de los libros que están en mi poder, la discordia entre el monarca y su esposa, es decir Jūratė, se debió a las perlas que adornaban el cuello de una de sus súbditas —afirmó el señor Mertens—. Se los contaré todo.

"Resulta que esta mujer, quien también vivía en el palacio de ámbar de la isla de Baltia, poseía un collar compuesto de las más hermosas perlas que se hubiesen visto jamás, tanto así que opacaban las joyas de la misma reina. Esto avergonzaba en extremo a Jūratė, cuyo marido, habiendo salido victorioso de pesar de hallarse en semejantes circunstancias, se arrastró hacia ellas, ignorando las súplicas de su hermano. En cuanto su mano se cernió sobre las diminutas esferas, el monstruo tiró de sus cabellos y lo sumergió en el océano con tal presteza que Sven no halló rastros de la sirena y su presa cuando intentó seguirlos bajo el agua por segunda vez.

"Por ello, como dije hace un rato, no sería desatinado conjeturar que Jūratė no puede llevar consigo al varón elegido en contra de su voluntad si este no tiene ambas perlas en su poder, lo cual debe ser toda una rareza: al parecer, las perlas ejercen tal fascinación sobre el elegido que él es incapaz de deshacerse de ellas, ya sea vendiéndolas u obsequiándolas. Me atrevería a decir que Reijo es una gran excepción y que solo se desprendió de una de las perlas porque su amor por Casandra fue inspirado por la inocencia de su corazón. El hermano de Sven, por ejemplo, las guardaba en un cofre bajo su cama y aunque le ofrecieron grandes sumas de dinero por ellas en varias ocasiones, jamás quiso venderlas. Probablemente las llevase en el bolsillo ocasionalmente, o quizá solo las haya sacado del cofre aquella fatídica noche en que la sirena lo arrastró a su escondite. Supongo que nunca lo sabremos.

—Acaso, como regla general, el monstruo espere con paciencia a que, pasada la adolescencia, su elegido porte al menos una de las perlas consigo de nuevo para arrastrarlo a las profundidades —sugirió Marion—. O... tal vez aguarde una fecha en especial. Después de todo, vino por Reijo en el día de su cumpleaños.

—¡Señora mía! ¿Cómo pude pasar por alto un detalle tan importante? ¡El hermano de Sven fue reclamado por Jūratė en el día de su vigesimoprimer cumpleaños, tal y como Reijo!

Ambos se quedaron mirándose unos instantes con los ojos muy abiertos.